KB131064

루친데

루친데

프리드리히 슐레겔 지음 | 이영기 옮김

문학동네

일러두기

1. 이 책의 번역 대본은 다음과 같다. *Friedrich Schlegel: Kritische Ausgabe seiner Werke*. Hg. von Ernst Behler unter Mitwirkung von Jean-Jacques Anstett und Hans Eichner. Band 5: Dichtungen. Hg. und eingeleitet von Hans Eichner. Paderborn u.a. 1962, S. 1-81.
2. 본문에 나오는 각주는 옮긴이주다.
3. 원서에서 이탤릭으로 강조한 부분은 고딕으로 표기했다.

차례

머리말

흐뭇한 감격에 젖어 페트라르카는 자신의 불후한 로망스 전집을 살피며 책장을 펼쳐 보인다. 영리한 보카치오는 자신의 호화로운 서책의 서두와 말미에서 모든 숙녀들에게 정중하면서도 친근한 인사를 건넨다. 그리고 고귀한 세르반테스마저 노인이 되어 고통스러워하면서도 여전히 다정하게 부드러운 위트로 가득차서, 생기 넘치는 작품들이 펼치는 다채로운 광경을 값비싼 양탄자 같은 머리말로 치장하는데, 그것 자체가 이미 한 폭의 아름다운 낭만적 그림이다.

비옥한 어머니 대지에서 한 포기 멋진 식물을 뽑아들어보아라. 그러면 인색한 자에게는 불필요하게만 보일 수 있는 많은 것들이 거기에 사랑스럽게 매달려 있을 것이다.

하지만 나의 정신은 아들에게 무엇을 주어야 할까? 그는 나의 정신과 한가지로, 사랑에 있어서 풍요로운 만큼이나 포에지에 있어서는 가난한데.

한마디만, 작별인사를 위한 이미지: 위풍당당한 독수리만 유일하게 까마귀들의 까악거림을 경멸할 수 있는 것은 아니다. 백조 역시 의기양양해하며 이를 귀담아듣지 않는다. 백조는 눈부시게 하얀 날개의 광채를 순수하게 유지하는 것 외에는 아무런 관심이 없다. 백조는 레다의 기분을 상하게 하지 않고 그녀의 품속으로 파고들어가 거기 기대어 사멸하는 모든 것을 노래의 숨결로 흘려보낼 생각에만 골몰하고 있다.*

* 그리스 신화에서 제우스는 아이톨리아 왕 테스티오스의 딸이자 스파르타 왕 틴다레오스의 아내인 레다의 아름다움에 반해 독수리에게 쫓기는 백조로 변하여 그녀의 품에 안긴다(그러나 여기서 백조는 제우스가 아니라 포에지를 상징한다).

어느 미숙한 자의 고백

율리우스가 루친데에게

인간들과 그리고 그들이 원하고 행하는 것이 내게는, 내가 기억하는 한, 움직임 없는 잿빛 형상들처럼 보였소. 그러나 나를 둘러싸고 있는 이 성스러운 고독 속에서는 모든 것이 빛이요 색채였으며, 내게로 불어온 생명과 사랑의 싱그럽고 따뜻한 숨결은 우거진 임원林苑의 가지에서마다 살랑거리며 흔들렸소. 나는 주위를 둘러보며 이 모든 것을 동시에 만끽했다오. 생명력 넘치는 새싹과 하얀 꽃망울과 황금빛 열매를. 그리고 그렇게 또한 나의 정신의 눈으로 수많은 형상들 속에서 영원히 유일하게 사랑하는 단 하나의 연인을 보았소. 때로는 아이같은 소녀의 모습으로, 때로는 사랑스러움과 여성스러움이 활짝 만개한 활기 넘치는 여인의 모습으로, 그다음에는 진지한 표정의 소년을 팔에 안고 있는 품위 있는 어머니의 모습으로. 나는 봄을 숨쉬었고 내 주위에서 영원한 젊음을 명징하게 보았으며 미소 지으며 말했소. "이 세상이 최선의 세계

혹은 가장 유용한 세계는 아닐지라도, 내가 알기로, 이 세상은 가장 아름다운 세상이구나." 이러한 감정이나 생각에 빠져 있노라면 아무것도, 대수롭지 않은 의심도 나 자신의 두려움도 나를 방해할 수 없을 것이오. 왜냐하면 나는 자연 속에 숨겨진 것을 깊숙이 들여다보고 있다고 믿었으니까. 모든 것이 영원히 살 것이고 죽음 또한 다정스러우며 다만 하나의 속임수에 불과하다고 느꼈던 것이오. 하지만 정말로 그렇게 생각했던 것은 아니오. 적어도 개념들을 분류하고 분석하는 데 내가 특별히 소질이 있는 것은 아니었으니까. 그러나 나는 생명의 향료와 감성의 꽃이, 정신적 희열과 감각적 환희가 솟아나는, 기쁨과 고통이 뒤섞이고 뒤얽혀 있는 모든 것들에 흔쾌히 그리고 깊숙이 빠져들었소. 한줄기 섬세한 불길이 나의 혈관을 타고 흘렀소. 내가 꿈꾸었던 것은, 가령 그저 한 번의 입맞춤이나 당신 두 팔의 포옹이 아니었소. 갈망의 고통스러운 가시를 부러뜨리고 달콤한 격정에 굴복하여 이를 가라앉히고 싶은 욕망이 아니었단 말이오. 내가 당신의 입술만을 갈망했던 것은 아니라오, 혹은 당신의 두 눈동자나 당신의 육체도 아니오. 내가 갈망한 것은 이러한 모든 사물들의 낭만적 혼돈, 즉 매우 다양한 기억들과 동경들의 경이로운 혼합이었소. 갑자기 정말로 나타난 당신의 모습과 당신의 얼굴에서 피어나는 희미한 기쁨의 빛이 외로웠던 나를 완전히 흥분시켰을 때, 여성적 방종과 남성적 방종의 모든 신비스러움이 내 주위에 떠다니는 것처럼 여겨졌소. 위트와 황홀함이 이제 주거니 받거니 시작되었고 하나로 결합된 우리의 삶에 공동의 맥박이 되어주었소. 우리는 같은 신앙을 가진 자들만큼이나 거리낌없이 서로를 품에 안았소. 나는 당신이 어서 크게 화를 내도 괜찮다고 간청했고, 만족할 줄 몰라도 상관없다고 간절히 애원했소. 그럼에도 나는 냉철한 신중함으로 그 기쁨에 담긴 희미한 기색까지 모조리 엿보았다오. 한 점 기색도 내게서 새어나가지 못하고 이 조화로움 속에 자리한 하나의 틈새에 머물도록 말이오. 나는 마냥 즐기기만 한 것이 아니라, 그 즐김을 느꼈고 또한 그것을 만끽했소.

사랑하는 루친데, 당신은 특별나게 영리해서 아마도 진작에 이 모든 것이 다만 하나의 아름다운 꿈에 지나지 않는다는 것을 짐작하고 있었을 것이오. 유감스럽게도 그렇다 하더라도, 적어도 그 꿈의 한 조각만이라도 우리가 곧 실현시키기를 바랄 수 없다면 나는 위로받기 힘들 것 같소. 실제로는 어떠했느냐면, 나는 방금 전에 창가에 서 있었소. 얼마나 오래 서 있었는지는 잘 모르겠소. 이성과 도덕의 다른 규범들과 더불어 시간이 흐른다는 것도 나는 완전히 잊고 있었으니까. 그렇게 나는 창가에 서서 창밖을 바라보았소. 아침은 당연히 아름답다고 부를 만하고, 대기는 고요하면서 매우 따뜻하고, 여기 내 앞에 펼쳐진 들판도 싱그럽기 그지없소. 그리고 넓은 평원이 너울거리며 펼쳐진 것처럼 드넓고 고요한 은빛 강은 크게 굽이치며 휘돌아 흐르고 있소. 강과, 강물 위에서 백조처럼 흔들거리고 있는 사랑하는 자의 상상력이 멀리

까지 물러나 무한 속으로 천천히 사라질 때까지. 내 상상 속의 임원과 그곳의 남국적 색채는 아마도 여기 내 곁에 있는 커다란 꽃 덤불 덕분일 거요. 그것들 가운데는 오렌지꽃도 상당히 많다오. 그 밖의 모든 것들은 심리적으로 어렵지 않게 설명이 될 거요. 그것은 하나의 환영이었소, 사랑하는 벗이여, 모든 것이 환영이었던 것이오. 내가 방금 전에 창가에 서서 아무것도 하지 않고 있었다는 것을 제외하고는. 그리고 지금 나는 여기 앉아서 뭔가를, 아무것도 하지 않는 것보다는 그래도 조금 낫거나 혹은 어쩌면 더 형편없는 뭔가를 하고 있소.

§

나는 나 자신과 나눈 이야기를 이렇게 당신에게 글로 쓰고 있었소. 우리의 포옹이 갖는 경이로울 만큼 복잡한 극적 연관성에 관한 감미로운 생각과 의미심장한 느낌의 한가운데 빠져 있는 나를 어떤 무례하고 불친절한 우연이 방해했을 때 말이오. 그때 나는 우리의 경솔함과 나의 어리석음에 관한 상세하고 확실한 이야기를 명확하고 진실한 문장으로 당신 앞에 막 펼쳐놓으려던 참이었소. 그리고 현재의 지극히 빈틈없는 생활의 잘 보이지 않는 중심을 공격하고 있는 우리의 오해들을 단계적으로 점차로, 자연스러운 법칙들에 따라 점진적으로 해명하여 내 미숙함에서 비롯된 여러 가지 결과들을 나의 남성성의 수업시대와 나란히 묘사하려고 했소. 그 시기를 나는 많이 웃지 않고는, 약간의 슬픈 감정과 충분한 자기만족감 없이는 전체적으로나 부분적으로나 결코 되새겨볼 수가 없소. 하지만 교양 있는 연인이자 작가로서 나는 거칠게 들이닥친 그 우연을 잘 빚어서 목적으로 만들어낼 셈이오. 그렇지만 나에게 있어서 그리고 이 글을 위해서, 이 글에 대한 나의 사랑에 있어서 그리고 이 글이 만들어지는 것 그 자체를 위해서 다음과 같은 것보다 더 적합한 목적이란 없소. 즉 우리가 질서라고 부르는 것을 내가 처음부터 파괴하여 그것으로부터 멀리 떨어져서 매혹적인 혼돈에 대한 권리를 분명히 내 것으로 취하여 행동으로 주장하는 것 말이오. 이것이 그만큼 더 필요한 까닭은, 우리 두 사람의 삶과 사랑이 나의 정신과 나의 펜에 제공하는 소재가 그만큼 멈춤 없이 점진적이며 그만큼 굽힘 없이 체계적이기 때문이오. 또한 우리 두 사람의 삶과 사랑이 이제 형식이 된다면, 독특한 방식의 이 편지는 참아내기 힘든 어떤 통일성과 단조로움을 유지는 하겠지만 이것이 반드시 성취하고자 하며 성취해야만 하는 것, 즉 숭고한 조화와 흥미로운 즐김의 가장 아름다운 카오스를 모방하고 보완하는 일은 더이상 해낼 수 없을 것이오. 따라서 나는 의심할 여지 없이 내가 획득한 혼돈의 권리를 행사하여, 흐트러진 수많은 종잇장들 가운데 한 장을 여기 완전히 엉뚱한 자리에 끼워놓겠소. 이 종잇장들은 내가 당신이 분명히 있을 것이라고 기대했던 당신 방이나 우리의 소파에서 당신을 찾지 못할 때면 초조하게 당신을 갈망하면서 내게 가장 먼저 떠오른, 가장 멋진 말들을 당신이 마지막으로 사용했던 펜으로 적어놓거나 혹은 망쳐버렸던 것들인데, 이것들을 당신은 내가 모르게 조심스럽게 보관하고 있었군요.

이것들 가운데 하나를 선별하는 건 어려운 일은 아니오. 여기 영원히 남겨질 기록된 종잇장들에 그리고 당신에게 이미 털어놓았던 몽상들 중 가장 아름다운 세상에 대한 기억이 여전히 내용이 가장 풍부하며, 소위 사상이라고 하는 것과 특히나 모종의 유사성을 가지기 때문이오. 그래서 나는 무엇보다도 가장 아름다운 상황에 관한 디티람보스적 환상을 선택하겠소. 우리가 가장 아름다운 세상에서 살고 있다는 것을 비로소 확신하고 있는데, 그렇다면 가장 아름다운 이 세상에서의 가장 아름다운 상황에 관해 다른 사람들을 통해서나 우리 자신을 통해서나 철저하게 배우는 것이 가장 필요한 일이라는 점에는 논란의 여지가 없을 테니까.

가장 아름다운 상황에 관한 디티람보스적 환상

커다란 눈물방울이 이 성스러운 종잇장 위로 떨어진다. 내가 여기서 발견한 것은 당신이 아니라 이 종잇장이었던 것이다. 나의 가장 소중하고 은밀한 계획에 대해 품고 있었던 오래된 과감한 생각을 당신은 얼마나 성실하고 소박하게 표현해놓았던 것인가. 당신에게서 그 생각은 훌륭하게 자라났고, 나를 비추는 거울 같은 이 글을 보며 나는 나 자신에 감탄하고 나 자신을 사랑하길 마다하지 않는다. 오직 여기서 나는 완전하고 조화로운 나 자신을 본다. 아니 오히려 인류 전체를 내 안에서 그리고 당신 안에서 본다. 당신의 정신 또한 분명히 완전하게 내 앞에 있기 때문이다. 그것은 더는 나타났다가 사라지는 특성들이 아니다. 영원히 지속하는 형상들 중 하나처럼 당신의 정신은 고귀한 눈길로 나를 기쁘게 바라보고 나의 정신을 포옹하려고 두 팔을 벌린다. 영혼의 저 섬세한 특성들과 표현들 중에서 가장 순간적이고 성스러운 것들이 지고의 것을 알지 못하는 자에게는 단지 더할 나위 없는 행복처럼 여겨지겠지만, 그것들은 그저 우리의 정신적 숨결과 삶이 함께 공유하는 분위기에 지나지 않는다.

말들은 불투명하고 흐릿하기만 하다. 나 역시 이렇게 환영들이 밀어닥치는 가운데서는 우리의 근원적인 조화로움이라는 이 단 하나의 고갈되지 않는 느낌을 끊임없이 새로이 반복해야 할 테니까. 위대한 미래가 서둘러 나에게 손짓하며 멀리 무한으로 이끌고, 모든 이념이 저마다 제 품을 열어 수많은 새로운 탄생을 낳는다. 고삐 풀린 욕망과 조용한 예감이라는 극과 극이 내게는 동시에 존재한다. 나는 모든 것을 기억한다. 심지어 고통조차도. 그리고 나의 과거와 미래의 생각들이 모두 일어나 나에게 맞선다. 부풀어오른 혈관 속에서는 거친 피가 미쳐 날뛰고, 입술은 합일에 목말라하고, 나의 환상은 기쁨의 수많은 형상 가운데 선택과 교체를 번갈아가며 반복하지만 욕망이 마침내 충족되고 끝내 만족을 얻을 수 있을 만한 어떠한 형상도 발견하지 못한다. 그러고 나서 나는 다시금 갑작스럽게 감동에 젖어 그 어두운 시절을 생각한다. 당시 나는 아무런 희망 없이 늘 기다렸고, 알지도 못한 채 격렬하게 사랑했다. 당시 나의 가장 내적인 본성은 불분명한 동경에 완전히 사로잡혀 반쯤 억눌린 한숨 속에 그 동경을 아주 가끔씩이나마 토해냈다.

그렇다! 나는 지금 느끼는 바와 같은 그런 기쁨과 그런 사랑이 있다는 것을, 내겐 가장 다정스러운 연인이자 동시에 가장 훌륭한 동료이며 완벽한 벗이기도 할 그런 여인이 있다는 것을 한 편의 동화와 같은 일이라 여겼을 것이다. 내가 아쉬워했던 모든 것과 어떤 여성에게서도 찾을 수 없을 것이라고 생각했던 모든 것을 나는 특히나 우정에서 찾았기 때문이다. 당신에게서 나는 이 모든 것을 찾아냈다. 내가 기대할 수 있었던 것 이상으로. 그런데 당신은 역시 다른 이들과 다르다. 관습이나 완고한 견해가 여성적이라고 일컫는 것에 관해서 당신은 전혀 아는 바가 없다. 사소한 특성들을 제외하면, 당신 영혼의 여성성의 본질은 단지 삶과 사랑이 당신에게는 동일한 의미를 가진다는 데 있다. 당신은 모든 것을 완전하게 그리고 무한하게 느끼고, 당신은 그 어떤 분리나 분열에 관해서도 알지 못하며, 당신의 존재는 하나이며 분리 불가능하다. 그런 까닭에 당신은 그렇게 진지하며 그렇게 즐거운 것이며, 그런 까닭에 당신은 모든 것을 그렇게 중요하게 그렇게 무성의하게 받아들이는 것이고, 그런 까닭에 당신은 나 역시 온전히 사랑하기에 나의 어떠한 일부도 예컨대 국가, 후손 혹은 남자친구들에게 내어주지 않는 것이다. 모든 것이 당신에게 속해 있으며, 우리는 어디서나 가장 가까운 사이이며 서로를 가장 잘 이해한다. 가장 거리낌 없는 감각에서부터 가장 지적인 정신에 이르기까지 인간의 모든 단계들을 당신은 나와 함께 밟아가고 있다. 그리하여 오로지 당신에게서 나는 참된 자부심과 참된 여성적 겸손을 보았던 것이다.

극도의 고통이 우리를 갈라놓지 않고 다만 우리 주변을 감싸고 있기만 하다면, 그것은 내겐 우리 결혼의 숭고한 경솔함에 대한 하나의 매혹적인 대비에 지나지 않는 것처럼 여겨질 것이다. 사랑처럼 우리가 불멸의 존재라는 이유를 들어 우연의 가장 가혹한 변덕을 아름다운 위트와 자유분방한 자의로 받아들여서는 왜 안 되는가? 나의 사랑 혹은 당신의 사랑이라고 나는 더는 말할 수 없다. 두 가지는 동일한 것이며, 사랑과 이에 응답하는 사랑만큼이나 완전히 하나인 것이다. 이것이 바로 결혼이다. 즉 우리 정신의 영원한 합일과 결합인 것이다. 결혼은 우리가 이런 세상 혹은 저런 세상이라고 부르는 것을 위한 것이 아니라 그 단 하나의 참되고 분리될 수 없고 이름 없고 무한한 세상을 위한, 우리의 완전한, 영원한 존재와 삶을 위한 것이다. 그런 까닭에 내게 그 시간이 다가온 것처럼 생각되면, "자, 우리 인생의 나머지를 다 마셔버리자"는 말과 함께—그렇게 말하고 나서 나는 포도주의 가장 고귀한 정신이 사라지기 전에 황급히 마셔버렸다—우리가 함께 들이켰던 그 마지막 샴페인처럼 나 역시 당신과 함께 한 잔의 독약을 기쁨에 넘치는 가벼운 마음으로 비워버릴 것이다. 그리하여 내가 다시 한번 말하노니, 우리 살며 사랑하자. 나는 알고 있다. 당신 또한 나보다 더 오래 살고 싶어하지 않을 거라고, 당신은 먼저 가버린 남편을 무덤까지 쫓아올 거라고. 그리하여 난폭한 의도와 명령으로 자의성의 가장 연약한 성지들을 모독하고 파괴하는 그 불타오르는 심연 속으로, 어떤 광기 어린 율법이 인도 여인들을 강제로 몰아넣는 그곳으로 기꺼운 마음과 사랑의 마음으로 내려갈 테지.

그렇다면 그곳에서는 아마도 동경이 더 완전히 충족될 것이다. 내가 자주 놀라워하는 것은, 저마다의 모든 생각과 그 밖에 우리 내부에서 형성된 것이 그것 자체로 완전하며 마치 하나의 인격처럼 개별적이고 분리 불가능하게 보인다는 점이다. 하나가 다른 하나를 밀어내는가 하면, 아주 가까이 나타났던 것이 곧바로 어둠 속으로 잠긴다. 그러고 나면 갑작스러운 보편적 명징함의 순간들이 다시 찾아온다. 그 순간 내적 세계에 존재하는 그러한 정신들 다수가 경이로운 혼례를 맺어 완전히 하나로 녹아들고, 우리 자아에 있는 이미 잊힌 많은 조각들이 새로운 빛으로 환하게 빛나서 미래의 어둠도 그것들의 환한 빛과 함께 열리게 된다. 내 생각으로는, 이와 같은 일이 작은 규모로나 커다란 규모로나 동일하게 일어난다. 우리가 삶이라고 부르는 것은 완전한, 영원한 내적 인간에게는 다만 하나의 유일한 생각, 하나의 나눌 수 없는 감정에 불과하다. 또한 그러한 인간에게는 삶의 모든 것이 그의 머릿속에 떠올라 다양한 방식으로 결합되고 다시 분리되는, 가장 심원하고 완전한 의식의 순간들이 존재한다. 언젠가 하나의 정신 속에서 우리 두 사람이 관조하게 될 것은, 우리는 단 한 포기 식물에서 피어난 꽃들이고 단 한 송이 꽃의 잎사귀들이라는 점이다. 그러고 나면 우리가 지금은 단지 희망이라고 부르는 것이 원래는 추억이었음을 미소 지으며 알게 될 것이다.

당신 앞에 펼쳐놓은 이러한 생각의 최초의 싹이 어떻게 나의 영혼에서 싹터서 곧바로 당신의 영혼에서도 뿌리를 내리게 되었는지 당신은 알고 있는가? 그렇게 사랑의 종교는 우리의 사랑을 점점 더 내밀하고 강력하게 엮어놓는다. 마치 어린아이가 다정스러운 부모의 즐거움을 메아리처럼 배가시키듯이.

그 무엇도 우리를 갈라놓을 수 없다. 그리고 확신컨대, 어떤 멀어짐도 나를 다만 더 강력하게 당신에게 끌어다놓을 것이다. 서로 모순되는 감정들이 격렬하게 밀어닥치는 가운데 마지막으로 포옹을 하면서 눈물과 웃음이 동시에 터져나오는 모습을 나는 상상해본다. 그러고 나면 나는 진정될 것이고, 일종의 마취상태가 되어서, 내가 당신에게서 떨어져 있다는 것을 결단코 믿지 못하게 될지도 모른다. 내 주위의 새로운 사물들이 마지못해 나를 설득할 때까지는. 그러나 그렇다면 내가 동경의 날개를 타고 당신의 두 팔에 안길 때까지 나의 동경도 거침없이 커져갈 것이다. 말言들이나 인간들이 우리 사이에 오해를 불러일으키라지! 그 깊은 고통은 재빨리 스쳐지나가서 곧 보다 완전한 조화로움 속으로 사그라질 것이다. 사랑하는 연인이 희열의 열광 속에서는 하찮은 상처에 신경쓰지 않는 것처럼, 나 또한 그 고통에 별로 신경쓰지 않을 테니까.

어떻게 멀어짐이 우리를 떨어뜨려놓을 수 있겠는가? 우리에게 현재 자체는 이를테면 너무나도 생생한데. 우리는 현재의 소모적인 격정을 장난스러움으로 진정시키고 식혀야 한다. 그렇기에 우리에겐 기쁨의 형상들과 상황들 중에서 가장 재치 있는 것이 가장 아름다운 것이기도 하다. 그런 모든 것 중에서 가장 재치 있고 가장 아름다운 한 가지는 이것이다. 우리가 역할을 바꾸어 어린애처럼 재미 삼아 누가 다른 사람을 더 감쪽같이 흉내낼 수 있는지 내기를 하는 것이다. 요컨대 당신이 남자의 격렬한 보호본능을 더 잘 흉내내는지 아니면 내가 여자의 매력적인 헌신을 더 잘 흉내내는지. 하지만 이런 달콤한 유희가 나에게는 그것의 고유한 매력과는 완전히 다른 매력을 느끼게 한다는 것을 당신은 잘 알고 있겠지? 그것은 권태의 희열도 복수의 예감도 아니다. 여기서 나는 남성성과 여성성이 완전한 전全인간성으로 완성되는 것에 대한 놀랄 만한, 의미심장하게 중요한 알레고리를 본다. 거기에는 많은 것이 담겨 있는데, 거기에 담겨 있는 것이, 당신에게 굴복할 때의 나처럼 그렇게 빠르게 드러나지 않을 것은 확실하다.

§

이것이 가장 아름다운 세상에서의 가장 아름다운 상황에 관한 디티람보스적 환상이었소! 당신이 그것을 그 당시에는 어떻게 생각했고 받아들였는지 나는 아직도 잘 알고 있소. 하지만 당신이 그것을 지금은 어떻게 생각하고 받아들일지도 마찬가지로 잘 알고 있다고 생각하오. 여기 이 작은 책자에서 당신은 진실된 이야기, 소박한 진실과 침착한 지성, 심지어 도덕, 즉 사랑에 담긴 우호적인 도덕을 더 많이 기대하고 있겠지. "말로 이야기하기 무척이나 어려운 것, 다만 느낄 수 있을 뿐인 것을 어떻게 글로 쓰려고 할 수 있나요?" 내가 대답하리라. 뭔가를 느낀다면 그것을 말하려 해야 하고, 말하려는 것을 쓸 수도 있어야 하오.

나는 당신에게 남성의 본성에는 어떤 어리석은 열광이 원래부터 근본적으로 자리하고 있다는 점을 우선 증명하여 설명하고자 했소. 그 열광은 모든 종류의 부드러움과 성스러움과 함께 한껏 터져나와 자기 고유의 충직한 열성 탓에 가끔 미숙하게 쓰러지기도 하는데, 한마디로 말해서 아주 쉽게 난폭함에 이를 정도로 굉장하다오.

이런 변명으로 나는 구원될지 모르겠지만, 아마도 나의 남성성 자체를 대가로 치러야 할 것이오. 왜냐하면 당신 여성들은 개개인의 경우에 있어서는 남성성을 높이 평가할지 몰라도, 전체로서의 종種에 대해서는 늘 유감이 많기 때문이오. 그럼에도 나는 어떠한 경우에도 그러한 종과는 불쾌하게 관련되고 싶지 않소. 따라서 나의 자유분방함과 몰염치함을 차라리 순결한 어린 빌헬미네의 경우를 들어 변호하거나 혹은 변명하겠소. 그 아이는 더군다나 내가 가장 끔찍이 사랑하는 숙녀이기도 하니까. 그런 이유로 나는 그 아이의 특징을 곧바로 간략하게나마 그려보고자 하오.

어린 빌헬미네의 특성

이 특별한 아이를 어떤 일방적인 이론의 관점에서가 아니라 당연히 전체적인 면에서 살펴보자면, 이 아이는 그 시기나 나이로 봤을 때 가장 재기발랄한 아이라고 과감하게 이야기할 수 있을 것이다. 이것은 아마도 이 아이에 관해 말할 수 있는 최고의 찬사일 것이다. 그리고 그런 말을 많이 듣기도 했다. 두 살배기 어린애에게서 조화로운 성장을 보기는 드물기 때문이지 않겠는가? 이 아이의 내적 완성에 대한 수많은 확실한 증거들 중에서도 가장 확실한 것은 쾌활한 자기만족감이다. 식사를 마치고 나면, 아이는 작은 두 팔을 식탁 위로 넓게 벌린 채 장난기 어린 진지한 표정으로 작은 머리를 거기에 갖다대는 버릇이 있는데, 둘러앉아 있는 가족 모두에게 두 눈을 크게 뜨고 약삭빠른 시선을 던진다. 그러고 나서 아이는 얼굴에 아이러니가 깃든 매우 활기찬 표정을 지으며 몸을 바로 세우고, 자신의 약삭빠름과 우리의 무력함을 비웃는다. 정말로 이 아이는 장난기가 다분하고 장난기에 대한 감각도 상당하다. 내가 아이의 몸짓을 흉내내면, 아이는 내가 흉내낸 것을 금세 다시 따라한다. 이렇게 해서 우리는 하나의 모방적 언어를 만들어냈으며 공연예술의 상형문자를 써서 서로 의사소통을 한다. 이 아이는, 내 생각에는, 철학보다는 포에지에 훨씬 더 많은 소질이 있다. 그래서인지 마차를 타는 것을 더 좋아하고 꼭 필요한 경우에만 걸어서 이동한다. 우리 북방 모국어의 억세고 불편한 소리들이 이 아이의 혀에서는 이탈리아어와 인도어의 방언에서 들을 수 있는 부드럽고 달콤한 듣기 좋은 소리로 녹아든다. 모든 아름다운 것만큼이나 이 아이는 운율을 특히나 좋아한다. 종종 아이는 전혀 지친 기색도 없이 자기가 가장 좋아하는 모든 장면들을 마치 자신의 보잘것없는 즐거움들을 모아놓은 일종의 고전 선집인 양, 저 자신에게 쉬지 않고 차례대로 이야기하고 노래한다. 포에지는 온갖 종류의 모든 사물의 만개한 꽃들을 하나의 산뜻한 화환으로 엮어낸다. 그렇게 빌헬미네도 장소, 시대, 사건, 인물, 장난감과 음식 들에 이름을 부여하고 운율을 맞추는데, 모든 것을 낭만적 혼돈 속에서 뒤죽박죽으로 섞어서 수많은 어휘들과 수많은 형상들을 만들어낸다. 그리고 이런 행동은 지적 능력에나 결국 이로울 뿐이지 상상력의 보다 과감한 비약은 저해하는 모든 부가적 규정이나 인위적인 이행移行 없이 일어난다. 이 아이의 상상 속에서는 자연에 있는 모든 것이 생동하고 충만하다. 아직도 나는 이 아이가 겨우 한 살 남짓 되었을 무렵 처음으로 인형을 보고 만지던 모습을 종종 즐거운 마음으로 기억한다. 천상의 미소가 아이의 작은 얼굴에 활짝 피어나더니 목제인형의 채색된 입술에 곧바로 진심 어린 입맞춤을 하였던 것이다. 그렇다! 인간의 본성에 깊이 자리하고 있는 것은, 인간은 제가 좋아하는 건 모두 먹으려 든다는 것과 새롭게 접한 온갖 현상을 가능한 한 그것의 주요한 구성요소들로 분해하려고 직접 입으로 가져간다는 것이다. 건강한 지식욕은 그 대상을 그것의 가장 깊은 지점까지 꿰뚫어서 부수어버릴 때까지 완전히 파악하길 원한다. 이와 달리 만져보는 것은 표면적인 외피에만 머무르며, 손에 쥐어보는 모든 행위는 불완전한, 간접적 인식만을 보증할 뿐이다. 하지만 어떤 재기발랄한 아이가 자기와 꼭 닮은 형상을 알아보고는 그것을 손으로 쥐어보면서 이성의 이러한 첫번째 촉수와 최종적 촉수를 통해 가늠해보려고 애쓰고 있다면, 이는 흥미로운 구경거리인 셈이다. 수줍어하며 그 낯선 이방인은 기어들어가 몸을 숨기고, 이 꼬마 철학자는 제가 시작한 연구의 대상을 부지런히 뒤쫓는다.

그렇지만 물론 정신, 위트, 독창성은 아이들에게서뿐만 아니라 어른들에게서도 좀처럼 보기 어렵다. 그럼에도 이 모든 것과 다른 수많은 것이 여기서는 해당되지 않으며, 내 목적의 한계 너머로 나를 계속해서 이끌어줄 것이다! 이러한 특성의 묘사는 내가 늘 마음에 두고 생각하려는 어떤 이상理想을 보여주어야 하기 때문이다. 이는 아름답고 사랑스러운 삶의 지혜를 갖춘 이 작은 예술작품에 대해 내가 적절성의 섬세한 기준에서 결코 벗어나지 않기 위해서이며, 그리고 앞으로 취할 온갖 자유분방함과 몰염치함을 당신이 미리 용서하거나 적어도 보다 높은 관점에서 판단하고 평가할 수 있도록 하기 위해서이다.

내가 도덕성을 아이들에게서, 생각과 말에 있어서의 다정스러움과 상냥함을 특히나 여성들에게서 찾는다면 뭔가 잘못된 것일까?

자, 보라! 이 사랑스러운 빌헬미네는 등을 대고 누워서 작은 발을 위로 올리는 동작을 하는 데서 말할 수 없는 즐거움을 정말 자주 발견하지 않는가. 입고 있는 옷이나 세상의 판단은 전혀 아랑곳하지 않은 채. 빌헬미네가 이렇게 할 때면, 맙소사! 나도 남자인지라, 무엇을 못 하겠는가? 그리고 가장 연약하고 여성적인 이 존재보다 더 다정스러워질 필요가 어디 있겠는가?

오, 부러워할 만한, 선입견으로부터의 자유여! 사랑하는 벗이여, 당신도 남아 있는 거짓된 부끄러움을 모두 내던져버리시오. 가끔 내가 당신의 보기 싫은 의상들을 벗겨내서 아름다운 무질서 속으로 사방에 흩어놓았던 것처럼. 그리고 나의 삶을 담은 이 짤막한 소설이 당신에게는 너무 요령부득하게 여겨질 수 있을 텐데, 이 소설을 어린아이라고 생각해서 어머니 같은 참을성 있는 마음으로 그것의 순진무구한 방종을 참아주고, 당신도 이 소설을 즐겨보시오.

알레고리가 지닌 개연성과 통상적인 의미를 당신이 너무 엄격하게 받아들이려 하지 않고, 게다가 이야기에서도 사람들이 어느 미숙한 자의 고백에서 요구할 수밖에 없는 서투름을 많이 기대했다면, 그리고 가장假裝한 것이 노출되어서는 안 된다면, 나는 여기서 당신에게 내가 가장 최근에 꾼 백일몽 중 하나를 이야기해주고 싶소. 그 꿈이 어린 빌헬미네가 지닌 특성의 묘사와 비슷한 결과를 보여주기 때문이오.

몰염치에 관한 알레고리

아무런 근심 없이 나는 어느 멋진 정원에 있는 둥그런 화단 가까이 서 있었다. 그 화단에는 외래종과 자생종이 뒤섞인 아주 근사한 꽃들이 무질서하게 만발해 있었다. 나는 향기로운 내음을 들이마셨고 다채로운 색상들을 즐겼다. 그런데 갑자기 흉칙한 괴물 한 마리가 꽃들 한가운데서 튀어나왔다. 그것은 독으로 부풀어오른 것 같았고, 투명한 피부는 온갖 색깔이 비쳐 보였고, 내장기관은 벌레들처럼 감겨 있었다. 괴물은 공포를 불러일으키기에 충분할 만큼 거대했다. 마침 그것이 집게발들을 몸통의 사방을 향해서 벌렸다. 그와 동시에 개구리처럼 껑충 뛰어오르더니 다시 혐오스러운 동작을 하며 수많은 작은 발로 기어갔다. 너무 놀란 나머지 나는 시선을 돌려버렸다. 하지만 그 괴물이 나를 쫓아오려고 했기에 나는 용기를 내어 강력한 한 방을 괴물의 등에다 날렸다. 그러자 내게 그것은 평범한 개구리 한 마리에 불과한 것으로 보였다.

나는 이만저만 놀란 것이 아니었다. 그리고 더욱더 놀랐던 것은, 갑자기 누군가가 내 뒤에 바싹 붙어서 "저것은 관습적인 견해입니다. 그리고 저는 위트라고 합니다. 당신의 가짜 친구들, 저 꽃들은 모두 벌써 시들었네요"라고 말했을 때였다. 나는 사방을 둘러보았다. 그리고 보통 정도의 체구를 가진 어느 남자의 형체를 알아보았다. 고상하게 생긴 얼굴의 훌륭한 생김새는 우리가 로마의 흉상들에서나 종종 볼 수 있는 것처럼 잘생겼고 과장된 느낌을 주었다. 친근한 불꽃 한 점이 그의 크게 뜬 빛나는 두 눈에서 흘러나왔고, 두 가닥의 곱슬머리가 흘러내려 시원한 이마에 기이하게 붙어 있었다. "저는 한 편의 오래된 연극을 당신 앞에서 새롭게 선보이려 합니다." 그가 말했다. "갈림길에 서 있는 몇 명의 젊은이들이지요.* 이들을 한가한 시간에 엄청난 상상력을 동원해 탄생시키는 수고를 저로서는 할 가치가 있다고 생각했거든요. 저들은 진짜 소설들이랍니다. 숫자에 있어서는 넷이고 우리처럼 불멸하지요." 나는 그가 손짓하는 곳을 쳐다보았다. 아름다운 한 젊은이가 옷도 거의 걸치지 않고 초록 들판을 가로질러 내달리고 있었다. 그는 벌써 멀리 가 있어서 나는 그가 날렵하게 한 마리 말에 올라탄 후 온화한 저녁 바람을 앞지르며 바람의 느림을 비웃기라도 하는 듯 급히 달려가는 것만 겨우 보았다.

* 프로디코스의 교훈극 「갈림길의 헤라클라스」에 등장하는 욕망과 덕성 사이에서 고뇌하는 헤라클레스처럼 여기서도 '환상적 소설'로 의인화된 젊은이는 기존의 관습과 새로운 문학적 가능성 사이에서 선택을 해야 한다.

언덕에는 완전무장을 갖춘 한 명의 기사가 모습을 드러냈다. 장대하고 위엄 있는 모습이 흡사 거인과 같았다. 그런데도 풍채와 용모에서 풍기는 정확한 균형감은 그의 의미심장한 시선과 격식을 차린 몸짓에 배어 있는 충직한 친절함과 함께 그에게 모종의 고풍스러운 우아함을 선사했다. 그는 저물어가는 태양을 향해 고개를 숙이고 천천히 무릎을 꿇었다. 오른손은 가슴에 얹고 왼손은 이마에 대고 정말 열렬히 기도를 드리는 것 같았다. 조금 전까지만 해도 그렇게 재빨랐던 그 젊은이는 지금은 아주 편안히 언덕에 누워서 마지막 햇볕을 쬐고 있었다. 그러고 나더니 벌떡 일어나 옷을 벗고 강물 속으로 뛰어들어 물결과 장난을 치고 잠수를 하다가 다시 떠오르더니 다시 물결에 몸을 맡겼다. 저멀리 숲의 어둠 속에서는 그리스인 같은 옷을 입은 무언가가 하나의 형상처럼 부유하고 있었다. 하지만 그것이 어떤 형상이라면, 내 생각에는 이 지상에 속한다고 보기는 어려웠다. 색깔이 너무 흐릿한데다가 전체 모습이 성스러운 안개 속에 휩싸여 있었기 때문이다. 좀 더 오래 자세히 들여다보니 이 또한 어떤 젊은이라는 것이 분명해졌다. 완전히 상반되는 부류이기는 하지만. 그 거대한 형상은 머리와 팔을 어떤 항아리에 기대고 있었다. 그의 진지한 눈빛은 잃어버린 재물을 바닥에서 찾고 있는 것 같기도 했고, 벌써 희미하게 빛나기 시작한 창백한 별들에게 뭔가를 물어보는 것 같기도 했다. 부드러운 미소가 감돌고 있는 입술에서는 한숨이 흘러나왔다.

감각적으로 보이는 첫번째 젊은이는 그사이 그 고독한 육체 훈련에 싫증이 나서 가벼운 발걸음으로 급하게 바로 우리에게 다가왔다. 이제 그는 완전히 옷을 차려입고 있었다. 목동과 아주 비슷해 보였으나 상당히 알록달록하고 특이한 옷차림이었다. 그렇게 입고 가장무도회에 나갈 수도 있을 것 같았다. 또한 그의 왼손 손가락들은 가면 하나가 매달려 있는 실 몇 가닥을 갖고 놀고 있었다. 이 환상적인 소년을 기분 내키는 대로 변장하는 변덕스러운 소녀로 간주하는 것도 괜찮을 듯싶었다. 지금까지 그는 일직선으로 걸어왔는데 갑자기 걸음걸이가 불안해졌다. 처음에는 어느 한 방향으로 갔는데, 그다음에는 다른 방향으로 급하게 되돌아갔고, 그러면서 줄곧 웃기만 했다. "저 젊은이는 몰염치한 여인을 따라가야 할지 섬세한 여인을 따라가야 할지 모르고 있답니다." 나의 동행자가 말했다. 왼편에서 나는 한 무리의 아름다운 여인들과 소녀들을 보았다. 오른편에는 키가 큰 한 여인이 혼자 서 있었다. 그래서 내가 그 장대한 윤곽을 자세히 보려고 했을 때, 그녀의 시선이 나의 시선과 너무 날카롭고 노골적으로 마주치는 바람에 나는 두 눈을 질끈 감았다. 그 숙녀들 한가운데에는 젊은 남자가 하나 있었는데, 나는 그가 다른 소설들의 한 형제라는 것을 즉각 알아보았다. 그는 요즘 흔히 볼 수 있는 남자들 가운데 하나였지만 훨씬 더 교양을 갖추고 있었다. 그의 체격과 얼굴은 아름답지는 않았지만 섬세했고, 매우 지적이고 상당히 매력적이었다. 그래서 그를 프랑스인이나 독일인으로 여길 수도 있을 정도였다. 그의 복장과 전체적인 태도는 소박했지만 신경을 쓴 것이어서 완전히 모던했다. 그는 거기에 모인 이들과 대화를 나누었고 모두에게 열렬한 관심을 가진 듯했다. 소녀들은 가장 고상해 보이는 숙녀를 둘러싸고 활발하게 움직이면서 서로 많은 이야기를 나누고 있었다. "친애하는 도덕적 여인이여! 저는 당신보다 더한 심성을 지니고 있답니다. 그런데 저는 또한 영혼이라고, 더욱이 아름다운 영혼이라고 불리지요." 한 여인이 말했다. 도덕적 여인은 약간 얼굴이 창백해지더니 거의 눈물을 흘릴 것 같았다. "저는 어제 아주 도덕적인 일을 했는걸요. 그리고 그렇게 애쓰면서 점점 더 나아지고 있어요. 저에 대한 비난은 실컷 들었어요. 어떤 이유로 제가 당신에게서 계속 비난을 들어야 하지요?" 다른 여인, 그러니까 겸손한 여인은 아름다운 영혼이라고 스스로 일컬었던 여인에 대해 질투가 나서 말했다. "저는 당신한테 화가 나요. 당신은 저를 오직 수단으로만 이용하려고 하잖아요." 공손한 여인은 그 형편없는 관습적인 견해가 그렇게 속수무책으로 추락하는 것을 보자 눈물 두 방울 반을 흘렸다. 그러고 나서는 더이상 젖어 있지는 않은 눈에서 재미나는 방식으로 눈물을 닦는 체했다. "이런 솔직함에 놀라지 마세요." 위트가 말했다. "이런 솔직함은 평범한 것도 자의적인 것도 아닙니다. 전능한 환상이 이 공허한 그림자들을 마술지팡이로 건드린 것입니다. 그러면 그것들의 속내가 드러나거든요. 당신은 곧 훨씬 더 많은 이야기를 듣게 될 겁니다. 그런데 몰염치한 여인은 제멋대로 이야기를 하는군요."

"저기 있는 저 젊은 몽상가는 저를 정말 즐겁게 해주어야 할 거예요." 섬세한 여인이 말했다. "그는 아름다운 시구를 나를 위해 항상 지을 거랍니다. 저는 그를 저 기사처럼 제 곁에서 멀리 둘 거예요. 저 기사도 물론 아름답지요. 너무 진지하고 엄숙하게 보이지만 않는다면요. 모든 이들 가운데서 가장 영리한 자는 아마도 지금 겸손한 여인과 이야기하고 있는 저 세련된 젊은이일 것 같네요. 제 생각에는 저 젊은이가 겸손한 여인을 조롱하고 있군요. 어쨌든 저 젊은이는 도덕적 여인과 그녀의 밋밋한 얼굴에 관해서는 좋은 말을 많이 해줬어요. 하지만 저랑 가장 많이 이야기를 나눴고, 아마 한번쯤은 저를 유혹할 수도 있을 텐데. 제가 생각을 바꾸거나 혹은 유행을 더 따르는 자가 나타나지 않는다면 말이지요." 그 기사가 무리에게 이제 가까이 다가왔다. 왼손으로는 커다란 검의 손잡이를 짚고 오른손으로 거기 있는 이들에게 상냥한 인사를 했다. "여러분들은 모두 괜찮으신가봅니다. 저는 지루하거든요." 이 말을 그 모던한 남자는 남기고 하품을 하더니 가버렸다. 이제야 나는 처음에 봤을 때는 아름답게 보였던 이 여인들이 실제로는 생기발랄하고 점잖기는 하지만 그 밖에는 별로 눈에 띄는 점이 없다는 것을 알아차리게 되었다. 자세히 보면 심지어 천박한 특성들과 타락의 흔적들도 있었다. 이제 몰염치한 여인은 내게 다소 덜 가혹하게 구는 것 같았다. 나는 그녀를 빤히 쳐다볼 수 있었는데, 놀랍게도 그녀의 모습은 훌륭하고 고상하다는 사실을 고백하지 않을 수가 없었다. 그녀는 성급히 그 아름다운 영혼에게로 가더니 그녀의 얼굴을 잡아채며 말했다. "이것은 가면일 뿐이야. 당신은 아름다운 영혼이 아니라 기껏해야 우아한 정도라고. 가끔은 교태스럽기도 하고." 그러고 나서 그녀는 위트를 향해 몸을 돌리더니 이렇게 말했다. "오늘날 소설이라고 부르는 것을 당신이 만들어냈다면, 당신은 시간을 보다 더 유익하게 쓸 수도 있었을 텐데요. 가장 훌륭한 소설들에서도 저는 순식간에 지나가는 삶의 가벼운 포에지의 흔적조차 발견하기가 힘들거든요. 그런데 사랑에 미쳐버린 마음에서 나오는 과감한 음악은 대체 어디로 도망가버린 거죠? 그 음악은 모든 것을 사로잡아서 가장 거친 자도 부드러운 눈물을 쏟게 하고 꿈쩍 않는 절벽도 절로 춤추게 하는데 말이죠. 사랑에 대해서 지껄이지 않는 사람이 가장 어리석은 사람이고 가장 따분한 사람이에요. 하지만 막상 사랑을 아는 사람은 사랑을 표현할 마음도 신념도 없지요." 위트는 웃음을 터뜨렸고, 천상에서 내려온 듯한 그 젊은이는 멀리서 박수를 보냈다. 그러자 그녀는 계속해서 말했다. "정신적으로 무능력한 이들이 정신과 결합하여 아이들을 낳으려 한다면, 삶이 무엇인지 전혀 이해하지 못하는 이들이 살아보려 덤빈다면, 그건 정말 부적절한 거예요. 이는 몹시 부자연스럽고 몹시 어울리지 않기 때문이죠. 하지만 포도주에 거품이 일고 번개가 번쩍이는 것은 지극히 당연하고 지극히 타당하지요." 그 경박스러운 소설은 이제 결정을 내렸다. 몰염치한 여인이 이런 말들을 하는 동안 젊은이는 이미 그녀의 주변에 있다가 그녀에게로 완전히 마음이 기울어진 것 같았다. 몰염치한 여인은 그와 팔짱을 끼고 그곳에서 황급히 떠났고, 지나가면서 그 기사에게 그저 이렇게 말했다. "우리 곧 다시 만나요." "이것은 다만 표면적인 현상들일 뿐입니다." 나의 수호자가 말했다. "그리고 당신은 곧 당신 내면을 보게 될 겁니다. 그런데 저는 진짜 사람이고 진짜 위트랍니다. 이건 당신에게 나 자신을 걸고 맹세합니다. 팔을 무한정 뻗지 않고도요." 모든 것이 이제 사라져버렸다. 그리고 위트도 무럭무럭 자라 거기 더이상 없을 때까지 뻗어나갔다. 내 앞에도 내 밖에도 더이상 없었다. 하지만 아마도 내 안에서 그를 다시 찾을 거라는 생각이 들었다. 나 자신의 한 조각이지만 나와는 다르고, 그 자체로 생동하고 자족하는 위트를. 어떤 새로운 감각이 내게 열린 것 같았다. 나는 내 안에서 부드러운 빛의 순수한 덩어리를 발견했던 것이다. 나는 나 자신 안으로 그리고 그 새로운 감각으로 되돌아가서 그것의 기적을 바라보았다. 그 감각은 내부로 향한 정신적 눈동자처럼 그렇게 명징하고 분명하게 감지했다. 하지만 동시에 그 감각의 지각은 청각의 지각처럼 내밀하고 겨우 알아들을 정도였고, 감정의 지각만큼 직접적이었다. 즉시 나는 외부세계의 모습을 다시 인식했지만 보다 순수하고 변모된 상태로, 즉 위로는 하늘의 푸른 망토를, 아래로는 이내 유쾌한 형상들이 바글

거리는 풍성한 대지의 초록 양탄자를 알아보았던 것이다. 가장 깊은 내면에서 내가 그저 원하기만 했던 것이 살아나 곧바로 여기로 몰려들었기 때문이다. 심지어 나 스스로조차 그 소망에 대해서 명확하게 생각해보기도 전에. 그렇게 곧 나는 내가 알고 있는, 그리고 알지 못하는 사랑스러운 형상들이 마치 쾌락과 사랑의 성대한 카니발처럼 기이한 가면을 쓰고 있는 것을 보았다. 그것은 위대한 태곳적 세계의 독특한 다양성과 분방함에 버금가는 내적 난장판이었다. 하지만 이 정신적 방종의 흥청망청한 향연은 오래 지속되지 못했고, 마치 전기충격을 받은 것처럼 단번에 내적 세계 전체가 파괴되었다. 그리고 나는 어떻게, 어디서 이 유행어가 생겨났는지는 모르겠지만 다음과 같은 말을 들었다. "파괴와 창조, 하나이면서 전체. 그리고 그렇게 영원한 정신은 시간과 삶의 영원한 강물 위를 영원히 부유하며 저마다 더 세차게 흘러가는 모든 물결을 그것이 흘러가버리기 전에 보고 있도다." 환상의 이러한 음성은 끔찍하게도 아름답고 매우 낯설게 울렸으나, 마치 나를 향한 듯 다음과 같은 말들이 더 부드럽게 더 많이 들려왔다. "이제 때가 되었다. 신성의 내적 본질이 드러나 묘사될 수 있을 것이며, 모든 신비는 밝혀져도 될 것이며 두려움은 멈추어야 한다. 너 자신을 봉헌하고, 오직 자연만이 경외할 가치가 있고 오직 건강함만이 사랑할 가치가 있다는 것을 선포하여라." 이제 때가 되었다는 비밀에 가득찬 그 말을 듣는 순간 한줄기 천상의 불길이 내 영혼 속으로 떨어졌다. 그 불꽃은 활활 타올라 나의 골수를 갉아먹었고, 몰려들었다가 휘몰아 터져나갔다. 나는 선입견을 무기처럼 들고 분노하는 열정들의 전쟁의 소용돌이 속으로 돌진하여 사랑과 진실을 위해 싸우려 무기들에 손을 뻗었다. 하지만 거기에는 어떤 무기도 없었다. 사랑과 진실을 노래로 선포하기 위해 나는 입을 벌렸다. 그리고 모든 존재는 이 노래를 들어야 하고 온 세상에 그것이 조화롭게 울려퍼져야 한다고 나는 생각했다. 하지만 나의 입술이 정신의 노래들을 따라 부를 수 있는 기술을 배우지 못하지 않았나 하는 생각이 들었다. "너는 그 불멸의 불꽃을 순수한 날것의 상태로 전달하려고 해서는 안 된다." 친절한 나의 동행자의 낯익은 목소리가 말했다. "새로운 분리와 결합을 끊임없이 번갈아가면서 세상과 세상의 영원한 형상들을 만들고 발견하고 변모시키고 유지하여라. 정신을 문자로 드러내고 엮어내어라. 진정한 문자는 전능하며 그것이야말로 진정한 마술지팡이다. 그 마술지팡이로 위대한 마법사인 환상이 지닌 저항할 수 없는 자의성은 충만한 자연의 숭고한 카오스를 건드려서, 신성한 정신의 닮은꼴이자 거울이며 유한한 자들이 우주라고 부르는 그 무한한 말을 빛 속으로 불러내어라."

§

여성의 의상이 남성의 의상보다 이점이 있는 것처럼, 여성의 정신이 남성의 정신에 비해 가지는 장점이란, 독보적인 과감한 조합을 통해서 모든 문화적 편견과 시민적 관습에 개의치 않고 단번에 순수의 상태와 자연의 품 안에 다다를 수 있다는 것이다.

사랑의 수사학은 대체 누구를 향해 자연과 순수를 위한 변호를 해야 할까? 모든 여성들을 향해서가 아니라면 말이다. 여성들의 부드러운 가슴속에는 신성한 쾌락의 성스러운 불길이 깊숙이 봉인된 채 깃들어 있으며, 방치되어서 아무리 더럽혀진다 하더라도 결코 완전히 꺼질 수는 없다. 다음으로는 물론 젊은이들을, 그리고 여전히 젊은이로 남아 있는 남성들을 향해야만 할 것이다. 그렇지만 이들에게서는 한 가지 중요한 차이를 구별해야만 한다. 모든 젊은이는 디드로가 살肉의 감각이라고 부르는 것을 가진 자들과 그것을 가지지 못한 자들로 나뉠 수 있을 것이다. 이는 흔하지 않은 자질이다! 재능과 통찰력을 갖춘 많은 화가들이 평생 한갓되이 이를 얻고자 애쓰며, 남성성의 많은 거장들 역시 어렴풋이라도 이를 느끼지 못한 채 자신의 생애를 완성한다. 평범한 방식으로는 거기까지 닿지 못하는 것이다. 어떤 난봉꾼은 나름 예의를 갖춰 소녀의 옷을 벗기는 데 능숙할지도 모른다. 하지만 남성적 힘을 아름다움으로 비로소 만들어내는, 관능적 쾌락의 보다 높은 경지의 예술적 감각을 젊은이에게 가르쳐주는 것은 오직 사랑뿐이다. 그것은 감정의 전기현상이다. 그렇지만 동시에 그 감정의 내부에는 조용하고 잠잠한 엿들음이 있고,

그 감정의 외부에는 예민한 눈이 매우 또렷하게 느끼는 회화 작품의 밝은 지점들과 같은 어떤 맑은 투명함이 있다. 그것은 모든 감각의 경이로운 혼합과 조화이다. 그렇기 때문에 음악에도 귀가 듣는 강세가 아니라 마음이 사랑에 목마르면 정말로 마셔버릴 것 같은, 완전히 꾸밈없고 순수하고 깊은 강세가 있는 것이다. 그렇다고 해도 살의 감각은 어떻게 더 정의할 수 없다. 그것은 불필요한 일이기도 하다. 살의 감각은 젊은이들에게는 사랑의 기술 그 첫번째 단계로 충분하며 여성들에게는 타고난 천성이다. 오직 여성들의 호의와 친절을 통해서만 그것은 젊은이들에게 전달되어 습득될 수 있다. 살의 감각을 알지 못하는 불행한 사람들과는 사랑에 관해서 이야기할 필요가 없다. 왜냐하면 남성에게는 태어나면서부터 사랑에 대한 욕구는 있지만 사랑에 대한 예감은 없기 때문이다. 두번째 단계는 이미 다소 신비스러운 무엇을 지니고 있으며, 모든 이상理想이 그렇듯 자칫하면 비이성적으로 보일 수도 있다. 연인의 내적 갈망을 완전히 충족시키고 만족시킬 수 없는 남자는 자신이 어떤 존재이며 어떤 존재여야 하는지를 전혀 이해하지 못한다. 그는 원래 무능력한 것이며, 그래서 어떠한 유효한 결혼생활도 할 수 없다. 물론 최고의 유한한 위대함도 무한성 앞에서는 사라지기 마련이고, 따라서 이 문제도 최상의 의지를 가졌다 하더라도 단순한 힘을 통해서는 해결될 수 없다. 그러나 상상력을 지닌 자라면 상상 역시 전달할 수 있으며, 상상이 있는 곳이라면 어디서든 연인들은 그것을 탕진하기 위해서라도 기꺼이 아쉬워한다. 연인들의 길은 내부로 향해 있고, 그들의 목적은 농밀한 무한성이자 숫자도 척도도 없는 비분리성인 것이다. 그리고 원래 이들은 아무것도 아쉬워할 필요가 없다. 상상력이라는 마술사가 모든 것을 대체할 수 있기 때문이다. 하지만 이러한 비밀들에 관해서는 그만 이야기하도록 하자! 세번째이자 최고의 단계는 조화로운 따뜻함이 지속되는 감정이다. 이 감정을 지닌 젊은이는 누구든지 더이상 성인 남자처럼 사랑하지 않을 뿐만 아니라 동시에 여성처럼 사랑한다. 그에게서 인간성은 완성에 도달했으며, 그는 삶의 정상에 오른 것이다. 왜냐하면 남성들은 태어날 때부터 그저 뜨겁거나 아니면 차갑다는 것이 사실이기 때문이다. 따뜻함을 가질 수 있도록 남성들은 우선적으로 훈련할 필요가 있다. 하지만 여성들은 태어날 때부터 감각적으로나 정신적으로나 따뜻하며 온갖 종류의 따뜻함에 관한 감각을 지니고 있다.

이 멋진 작은 책자가 언젠가 발견되어 혹시라도 인쇄되고 심지어 읽히기라도 한다면, 이것은 모든 행복한 젊은이들에게 거의 동일한 인상을 남길 것이 틀림없다. 다만 그들이 갖춘 교양의 다양한 수준에 따라서 차이가 날 것이다. 첫번째 수준의 젊은이들에게는 살의 감각을 불러일으킬 것이고, 두번째 수준의 젊은이들은 완전히 만족스러워할 것이며, 세번째 수준의 젊은이들은 읽으면서 다만 따뜻함을 느낄 것이다.

여성들에게는 완전히 다르게 작용하리라. 여성들 가운데

는 경험이 부족한 이들이 없다. 모든 여성은 이미 완전히 자신 안에 사랑을 지니고 있기에, 사랑의 한없는 본질에 관해서는 오직 우리 젊은이들만이 늘상 조금씩 더 배워가고 이해해가고 있기 때문이다. 사랑이 이미 활짝 피어났거나 혹은 아직 태동중이거나 하는 것은 별 차이가 없다. 순진하게 무지한 소녀라 할지라도 이미 모든 것을 알고 있다. 사랑의 섬광이 그녀의 부드러운 품에서 점화되어 닫혀 있던 꽃봉오리가 만개한 욕망의 꽃으로 활짝 피어나기도 전에. 그리고 꽃봉오리가 뭔가 느낄 수 있다면, 거기에는 피어날 꽃에 대한 예감이 꽃봉오리 자체의 의식보다 더 분명하게 있지 않을까?

그런 까닭에 여성적 사랑에는 발달의 정도와 수준이라고 할 수 있는 게 전혀 없다. 일반적 성격의 것은 전혀 없고, 수많은 개별적 성격의 것들과 수많은 독특한 종류들만 있을 뿐이다. 린네 같은 학자라도 삶이라는 커다란 정원에서 자라는 이 모든 아름다운 식물들을 분류할 수 없으며 망쳐놓을 수도 없다. 오직 신들에게 봉헌된 총아만이 신들의 경이로운 식물학을, 즉 식물의 숨겨진 힘들과 아름다움을 알아내고, 개화시기는 언제이며 어떤 토양이 필요한지 인식하는 신성한 기술을 이해한다. 세계의 시원始原 혹은 인간의 시원이 자리한 바로 그곳에 독창성의 진정한 중심 또한 있다. 그리고 어떠한 현자도 여성성을 해명하지는 못했다.

한 가지 사실이 여성들을 커다란 두 개의 부류로 나누는 것 같기는 하다. 다시 말해 이들이 감각, 자연, 자기 자신, 그리고 남성성을 존중하며 존경하고 있는지, 아니면 이미 이러한 참된 내적 순결함을 상실했고, 내적 비난에 저항하는 씁쓸한 무감각에 이를 정도로 온갖 즐거움에 대해 후회의 대가를 치르고 있는지에 따라서. 사실 이것은 상당히 많은 여성들의 이야기다. 우선 남성을 기피하는 여성들은 이내 그들을 증오하거나 기만하는 품격 없는 남자들에게 희생되어 급기야는 자기 자신과 여성적 운명까지 경멸하게 된다. 이런 여성들은 자신의 사소한 경험을 일반적인 것으로, 그 밖의 모든 다른 것을 웃음거리로 여긴다. 그런 여성들에게는 자신들이 끊임없이 그 안에서 제자리를 맴돌고 있는, 야비함과 천박함으로 가득찬 협소한 집단이 세상의 전부다. 그리하여 다른 세상도 있을 수 있다는 생각을 전혀 하지 않는다. 이런 여성들에게 남성은 인간이 아니라 그저 남자이며, 치명적이긴 하지만 권태를 피하기 위해서는 필수불가결한 하나의 독자적 종種에 불과하다. 그렇게 되면 여성들 스스로도 이런저런 유형과 마찬가지로 단순한 하나의 유형이 된다. 독창성도 없고 사랑도 없는.

하지만 교정되지 않은 여성이라고 해서 과연 치유도 불가능할까? 명백하게 분명한 사실은, 여성에게 짐짓 꾸미는 태도(내가 내심 분노 없이는 결코 떠올릴 수 없는 하나의 악덕)보다 더 부자연스러운 것은 없으며, 부자연스러움보다 더 성가신 것은 없다는 점이다. 따라서 나는 어떤 한계를 정해놓고 어떤 여성도 치유 불가능하다고 여기고 싶지는 않다. 내 생각에는, 여성의 일관된 특성이자 성격적 특성으로 보여질 정도로 여성들이 부자연스러움을 내보이는 데 상당히 수월하고 거리낌이 없다 할지라도, 여성들의 부자연스러움은 결코 신뢰할 만한 것이 될 수 없다. 이는 단지 겉보기에만 그럴 뿐이다. 사랑의 불길은 완전히 꺼지지 않으며, 잿더미의 가장 깊숙한 곳에서도 불꽃은 타오르는 법이다.

이 성스러운 불꽃들을 일으켜 선입견의 잿더미에서 정화시키고, 이미 활활 타오른 이 불길에 겸손한 제물을 바쳐 키우는 것. 이것이 나의 남성적 야심의 최고 목적이리라. 고백하게 놔두시오. 나는 당신만을 사랑하는 것이 아니라, 나는 여성성 자체를 사랑한다. 나는 여성성을 그저 사랑하기만 하는 것이 아니라, 나는 여성성을 숭배한다. 내가 인간성을 숭배하기 때문이다. 그리고 꽃이란 식물의 절정이자 그것의 자연스러운 아름다움과 형태의 절정이기 때문이다.

이것은 가장 오래된 천진난만하고 소박한 종교다. 거기로 나는 되돌아가 당도한 것이다. 나는 신성의 가장 탁월한 상징으로서 불을 숭배한다. 그런데 자연이 여성들의 부드러운 가슴속에 깊이 감추어놓은 것보다 더 아름다운 불은 과연 어디에 있는가?—나를 사제로 임명하시오. 한가하게 그 불을 응시하는 것이 아니라 그것을 해방시키고 일깨우고 정화시키려거든. 순수하게 있는 곳 어디에서나 그것은 스스로를 유지한다. 감시병이 없어도 여사제들이 없어도.

당신이 보다시피, 축성祝聖 없이 나는 글을 쓰지도 않으며 몽상에 빠지지도 않는다. 그런데 이런 일은 소명이 없다면 일어나지도 않는다. 더구나 그것이 신성한 소명이라면. 위트가 몸소 열린 하늘로부터 들려오는 목소리를 통해 "너는 나의 사랑하는 아들이다. 내 마음에 드는 아들이다"*라고 말을 건넸던 자가 감히 무엇을 못 하겠는가. 그리고 왜 나는 제 권능과 자의로 나에 관해 "나는 위트의 사랑하는 아들이다"라고 말해서는 안 되는가. 평생에 걸쳐 모험의 길을 떠났던 많은 고귀한 이들이 자신에 관해 "나는 행운의 사랑하는 아들이다"라고 말했던 것처럼 말이다.

어쨌든 내가 원래 이야기하려 했던 것은, 만일 우연이나 자의가 이 환상적 소설을 발견하여 공개적으로 내어놓게 된다면 이 소설이 여성들에게 과연 어떤 인상을 줄 것인지였다. 당신에게 내가 예언자적 위엄에 대한 나의 권리를 입증하기 위해 아주 간략하게나마 신탁과 예언에 관한 몇 가지 사소한 증거들을 제시하지 못했다면, 이 또한 사실은 미흡한 결과일 것이다.

모든 여성이 나를 이해할 것이나, 풋내기 젊은이들만큼 나를 오해하고 오용하는 자는 없을 것이다. 많은 여성이 나 자신보다 나를 더 잘 이해하겠지만, 오직 한 여성만은 나를 완전히 이해할 터이니 다름아닌 바로 당신이다. 그 밖의 모든 여성들이 상호 간에 서로 끌어당기고 밀어 내치고, 자주 상처

* 예수가 세례요한으로부터 세례를 받을 때 하늘에서 들려온 음성. 「마태복음」 3장 17절, 「마가복음」 1장 11절 참조.

입히고, 그런 만큼 자주 화해하기를 나는 소망한다. 교양 있는 여성들이 저마다 각기 받는 인상은 아주 상이하고 아주 독특할 것이다. 그들이 존재하는 방식과 사랑하는 방식이 특이한 만큼이나 독특하고 다를 것이다. 클레멘티네는 이 작품 전체를 그저 그것의 이면에 아마도 중요한 뭔가가 존재할 수도 있는, 어떤 특이한 것이라 여기며 관심을 보일 것이다. 하지만 몇 가지 의미는 제대로 발견할 것이다. 사람들은 그녀를 완고하고 격정적이라 하지만, 나는 그녀의 사랑스러움을 믿는다. 비록 그 두 가지가 겉으로 보기에 정도가 심해지고 있기는 하지만, 그녀의 격정은 나를 그녀의 완고함과 화해시킨다. 오로지 완고함만 있다면 그녀 마음의 냉담함과 결핍이 드러나야 할 것이다. 하지만 이 격정은 성스러운 불이 마음에 있어 터져나오려 한다는 것을 보여준다. 당신은 그녀가 자신이 진정으로 사랑하는 사람과는 어떻게 잘 지낼지 어렵지 않게 떠올릴 수 있을 것이다. 연약하고 상처 입기 쉬운 로자문데는 "수줍은 부드러움이 더 과감해지고 사랑의 내밀한 행위에서 오직 순수함만을 볼 때까지는" 사랑을 받아들이는 만큼이나 자주 외면할 것이다. 율리아네는 사랑만큼이나 많은 포에지를, 위트만큼이나 많은 열광을 지니고 있지만, 이 두 가지는 그녀의 내면에서 너무 고립되어 있다. 그 때문에 가끔은 이 대담한 혼돈에 화들짝 놀라게 될 텐데, 전체적으로는 다소 많은 포에지와 다소 적은 사랑을 바랄 것이다.

전력을 다해 인간에 관한 지식을 추구하고 있기에 나는 이런 방식으로 계속할 수 있을 것 같다. 그리고 종종 관심 있는 이런저런 여성이 이런저런 흥미로운 관계에서는 어떻게 잘 지낼지 숙고하는 것보다 나의 외로움을 더 의미 있게 사용할 방법은 없으리라는 것을 알고 있다. 하지만 지금은 이것으로 충분하다. 그렇지 않으면 당신에게 너무 무리가 될 테고, 그리고 이런 다방면의 관심이 당신의 예언자를 곤란하게 할 수도 있을 테니까.

나에 대해서 너무 기분 나쁘게 생각하지 말고, 그리고 당신만을 위해서가 아니라 동시대인을 위해서도 내가 글을 쓴다고 믿어주었으면 한다. 나의 사랑의 객관성이 그저 내겐 중요할 뿐이라는 사실을 믿어주길. 이러한 객관성과 이에 대한 모든 경향이 바로 문자의 마법을 확증하고 만들어낸다. 그리고 나의 격정을 노래의 숨결로 흘려보내는 것이 마음대로 되지 않았던 탓에 나는 이렇게 조용한 펜 놀림에 이 아름다운 비밀을 털어놓을 수밖에 없다. 하지만 그러면서 나는 동시대인들 전체를 생각하기보다는 후세 사람들을 더 생각한다. 그리고 내가 마음에 담아두고 있어야 하는 어떤 세상이 틀림없이 있다면, 그것이 과거였으면 가장 좋겠다. 사랑 자체는 영원히 새롭고 영원히 젊지만 사랑의 언어는, 오랜 고전적 관습에 따르자면 자유롭고 과감하며, 로마의 비가와 그 가장 위대한 국가의 가장 고귀한 자들 못지않게 정숙하고, 위대한 플라톤과 성스러운 사포 못지않게 이성적이라고 하니 말이다.

무위에 대한 목가

"보라, 나는 스스로 배웠노라. 어느 신이 나의 영혼 속에 갖가지 지혜를 심어놓으셨다." 이렇게 담대하게 말해도 나는 괜찮으리라. 포에지라는 즐거운 학문에 관해서가 아니라 게으름이라는 신들의 거룩한 기술에 관해서 이야기하는 것이라면. 그렇다면 나 자신 말고 도대체 누구와 함께 이 한가로움에 관해서 생각하고 이야기해야 한단 말인가? 그래서 나의 수호 정령이 진정한 쾌락과 사랑의 이 숭고한 복음을 공표하라고 나에게 영감을 불어넣던 그 불멸의 시간에도 나는 나 자신에게 이렇게 말했다. "오, 무위여, 무위여! 너는 순결함과 열광을 낳는 생명의 숨결이구나. 복된 자들은 그대를 숨쉬고, 그대를 소유하여 마음에 품은 자들은 복되구나, 그대 성스러운 보물이여! 낙원으로부터 여전히 우리에게 남아 있는 거룩함의 유일한 조각이여." 이렇게 혼잣말을 했을 때, 나는 생각 없는 로망스에 빠져 있는 생각에 잠긴 소녀처럼 시냇가에 앉아서 멀어져가는 물결들을 바라보았다. 그러나 물결은, 마치 나르키소스가 맑은 수면에 자기 모습을 비춰보고 아름다운 이기주의에 취해버린 것처럼, 그렇게 침착하고 고요하게 감상적으로 달아나서 흘러갔다. 강의 수면은 내 정신의 내적 관점에 점점 더 깊이 잠기도록 나를 유혹할 수도 있었을 것이다. 나의 본성이 이기적이고 실용적이지 않았다면, 심지어 나의 사변조차도 끊임없이 오로지 일반적인 선善에만 관심이 있었다면 말이다. 그래서 맹렬한 더위를 이기지 못하고 맥이 풀려버려 쓰러진 사지처럼 나의 마음이 편안하게 느긋해졌어도 나는 지속적인 포옹의 가능성에 대해서도 진지하게 생각했다. 나는 우리가 함께하는 시간을 연장하는 방법을 생각했다. 그리하여 지금까지 그랬던 것처럼 운명의 우스꽝스러운 섭리에 즐거워하기보다는 앞으로의 갑작스러운 이별에 관한 모든 유치하게 감동적인 비가를 막아낼 방법을 궁리했다. 일단 그런 일이 지금 일어났고, 이는 바뀔 수 없다는 이유로. 긴장된 이성의 힘이 그러한 이상의 도달불가능성에 가로막혀 부서지고 무기력해지고 난 후에야 비로소 나는 생각의 흐름에 스스로를 내맡기고, 각양각색의 모든 동화들에 기꺼이 귀를 기울였다. 그런 동화들로 나 자신의 가슴속에 있는 저항할 수 없는 세이렌인 욕망과 상상력은 나의 감각을 사로잡아버렸다. 그 유혹적인 눈속임을 고결하지 않다고 비난할 생각도 내겐 떠오르지 않았다. 대개 그런 것들은 그저 아름다운 거짓에 불과하다는 것을 잘 알고 있었음에도. 부드러운 환상의 음악이 동경의 빈틈들을 채워주는 것 같았다. 감사한 마음으로 나는 그것을 받아들였다. 그리고 고귀한 행운이 이번에 내게 선사한 것을 앞으로도 우리 두 사람을 위해 나 자신의 창작력으로 다시 만들어내기로, 그리고 당신에게 이 진실된 시를 쓰기 시작하기로 결심했다. 그러자 자의와 사랑이 서로 얽혀 있는 경이로운 덩굴식물에 최초의 싹이 생겨났다. 그것이 움터 돋아나는 것처럼 자유롭게 이 시 또한 무성하게 자라서 우거져야 한다고 나는 생각했다. 결코 나는 질서에 대한 저급한 사랑과 인색함을 이유로 이 우거진 잎들과 덩굴줄기의 생동하는 충만함을 베어버리지 않으려 한다.

동방의 어느 현자처럼 나는 영원한 실체들, 특히 당신의 실체와 나의 실체에 대한 성스러운 상념과 적요한 관조에 완전히 빠져들었다. 고요함 속에서의 위대함*은 거장들이 말하길 조형예술 최고의 대상이라고 한다. 그리하여 그것을 분명히 원한 것은 아니었으나, 혹은 나답지 않게 애쓰지 않고도 나 역시 이러한 고귀한 스타일로 우리의 영원한 실체들을 형성하여 지어내었다. 나는 기억을 떠올렸고, 그리고 부드러운 잠이 서로 포옹한 우리 두 사람을 감싸고 있는 것을 보았다. 간간이 우리 가운데 한 사람이 눈을 뜨고 상대방이 달콤하게 잠들어 있는 것을 보며 미소 지었고, 충분히 잠에서 깨어나 농담 섞인 한마디 말을 던지거나 애무를 시작했다. 하지만 그

* 18세기 독일의 미술사가 빙켈만은 고대 그리스 예술의 특징을 "고귀한 단순함과 고요한 위대함(edle Einfalt und stille Größe)"이라고 명명했다.

장난이 끝나기도 전에 우리 두 사람은 서로를 꼭 껴안고 어렴풋한 자기망각의 성스러운 품속으로 다시 빠져들었다.

더할 나위 없이 불쾌한 기분으로 이제 나는 삶에서 잠을 거두어들이려는 사악한 인간들을 생각했다. 그들은 아마도 결코 잠을 자본 적도 없을뿐더러 결코 살아본 적도 없을 것이다. 도대체 왜 신이 신이겠는가? 그들이 의식적이고 의도적으로 아무것도 하지 않는다는 이유가 아니라면, 이를 신들은 잘 알고 있고 그 점에 있어서는 대가들이라는 이유가 아니라면. 그리고 시인들, 현자들과 성인들도 그 점에 있어서 신들과 비슷해지려고 얼마나 노력하는가! 고독, 여유로움, 그리고 자유분방한 태평스러움과 빈둥거림을 이들은 얼마나 경쟁적으로 칭송하는가! 그리고 정말 맞는 말이다. 왜냐하면 모든 선함과 아름다움은 이미 존재하며 저 자신의 힘으로 유지되고 있기 때문이다. 그렇다면 휴지休止도 중심도 없는 무조건적인 노력과 전진이 도대체 무슨 소용이란 말인가? 이러한 질풍노도가 조용히 스스로 성장하고 형성되는 인간성이라는 무한히 뻗어나가는 식물에 자양분 풍부한 수액이나 아름다운 형태를 제공할 수 있을까? 이 공허하고 소란스러운 활동은 북방적인 악습에 지나지 않으며 타인과 자신에게 그저 권태로 작용할 뿐이다. 그리고 이러한 활동은 무엇으로 시작해서 무엇으로 끝날까? 지금은 너무나도 흔해빠진, 이 세상을 향한 혐오가 아니라면. 경험이 부족한 자만심은 이것이 다만 감각과 지성의 결핍에 불과하다는 것을 전혀 예감하지 못하고, 이를 세상과 삶의 일반적인 추악함에 대한 고결한 불쾌감이라고 간주한다. 그 자만심은 세상과 삶에 관하여 아직 가장 희미한 예감조차 없는 것이다. 그것을 가질 수도 없다. 왜냐하면 성실함과 유용함은 인간에게 천국으로의 귀환을 허용하지 않는, 불타는 검을 가진 죽음의 천사들이기 때문이다. 침착하고 온화하게, 진정한 수동성의 성스러운 고요 속에서만 오로지 자신의 전全자아를 기억할 수 있으며 세상과 삶을 관조할 수 있다. 어떤 정령의 작용에 자신을 온전히 내맡겨 바치지 않고서 어떻게 사유와 창작이 가능하단 말인가? 그러나 말하기와 형성하기는 모든 예술과 학문에 있어 다만 부차적인 것에 지나지 않는다. 본질은 사유와 창작이다. 그리고 이것은 오직 수동성을 통해서만 가능하다. 물론 의도적이고 자의적이며 일면적인 수동성이긴 하지만 그래도 수동성임에는 틀림없다. 기후가 좋을수록 사람들은 더욱 수동적이다. 이탈리아인들만이 산책하는 법을 알고, 동방에 사는 이들만이 누워 있는 법을 안다. 하지만 세상 그 어느 곳이 인도라는 나라보다 더 온유하고 감미롭게 정신이 형성되었던가? 그리고 하늘 아래 모든 곳에서 무위의 권리는 고귀한 것과 비천한 것을 구별한다. 이것이 바로 귀족의 고유한 원칙인 것이다.

보다 많은 즐김, 그것의 보다 오랜 지속과 보다 높은 강도, 그리고 그것의 정신은 결국 어디에 있는가? 우리가 그들의 관계를 수동성이라고 부르는 여성들에게 있는가, 아니면 선에서 악으로 건너가는 것보다 성급한 분노에서 권태로 건너가는 것이 더 빠르게 진행되는 남성들에게 있는가?

사실 무위에 대한 연구는 그렇게 터무니없이 소홀히 할 것이 아니라 예술과 학문으로, 심지어 종교로 만들어야 마땅하다! 한마디로 말해서, 인간이나 인간의 작품이 더 신성해질수록 그것은 식물을 더 닮아갈 것이다. 식물의 형태야말로 자연의 모든 형태 중에서 가장 도덕적이며 또한 가장 아름답기 때문이다. 그렇다면 최고의 완성된 삶이란 **순전한 무성생식***과 다를 바 없을 것이다.

나의 현존재를 즐기는 데 만족하면서 나는 모든 유한한, 즉 경멸스러운 목적과 의도를 극복하고자 결심했다. 자연마저도 이러한 시도를 하라고 나를 지지하는 것 같았고, 다성多聲의 성가들이 들리면서 계속해서 무위의 삶을 영위하라고 훈계하는 것 같았다. 바로 그때 갑자기 어떤 새로운 환영이 나타났다. 나는 사람들 눈에 보이지 않는 상태로 어느 극장에 있다는 생각이 들었다. 한편에는 낯익은 판자들, 램프들, 그림이 그려진 판지들이 있었고, 다른 한편에는 셀 수 없이 많은 관객들이 붐비고 있어서 호기심에 가득찬 머리들과 관심 어린 눈동자들이 홍수를 이루고 있었다. 전경의 우측에는 무대장치 대신 인간을 빚고 있는 프로메테우스가 그려져 있었다. 프로메테우스는 긴 사슬에 묶여 있었고 무척이나 조급하게

* 앞의 문장에서 삶을 식물에 비유한 것처럼 독일어 원문은 'ein reines Vegetieren'이다.

애쓰면서 작업을 하고 있었다. 또한 그 옆에는 그를 끊임없이 닦달하고 채찍질하는 괴물 같은 녀석들이 몇 명 서 있었다. 많은 양의 진흙과 다른 재료들이 거기 놓여 있었다. 그는 불을 커다란 석탄 가마에서 가져왔다. 맞은편에는 또한 우두커니 서 있는 헤라클레스가 품에 안긴 헤베 여신과 함께 그려져 있었다. 무대 앞쪽으로는 젊어 보이는 수많은 형상들이 분주하게 뛰어다니며 떠들고 있었는데, 이들은 매우 유쾌해 보였고 그냥 언뜻 봐서는 살아 있는 것 같지 않았다. 가장 젊은 형상들은 사랑의 동신童神들과 닮았고, 더 나이 들어보이는 형상들은 목양신의 모습을 닮았다. 하지만 각자는 저마다 고유한 태도를 보이며 눈에 띄는 독특한 얼굴을 하고 있었으며, 모두 기독교적인 화가나 시인이 묘사한 악마와 아무튼 비슷했다. 이들을 사탄이라고 불러도 무방할 것이었다. 가장 작은 이들 가운데 하나가 말했다. "경멸하지 않는 자는 존경하지도 못해. 경멸하거나 존경하거나 그저 이 두 가지만 끊임없이 할 수 있는 거지. 그리고 훌륭한 태도의 본질은 인간들과 장난치는 데 있다고. 그렇다면 어떤 미학적 사악함이란 균형 잡힌 교육의 본질적인 한 조각이지 않겠어?" "가장 멍청한 건," 다른 이가 말했다. "도덕론자들이 너희를 보고 이기적이라고 비난할 때야. 그들은 완전히 틀렸다고. 인간 자신의 신도 아닌데 어떤 신이 인간에게 존경을 받을 수 있겠어? 너희가 당연하게도 잘못 생각하는 건, 너희가 하나의 자아를 갖고 있다고 믿는 거야. 그럼에도 너희가 그것을 너희의 육체와 이름으로 혹은 너희의 재산으로 여긴다면, 적어도 자아가 들어갈 방 한 칸은 마련된 거겠지." "그리고 이 프로메테우스를 너희는 제대로 존경해야 돼." 가장 덩치가 큰 자들 중 하나가 말했다. "그가 너희 모두를 만들었고, 너희와 비슷한 것을 점점 더 많이 만들 테니까." 실제로 그 녀석들은 프로메테우스가 작업을 끝내자마자 새로 만들어진 인간들을 하나하나 아래에 있는 관객들에게 던져버렸다. 관객들 사이에 섞인 새로 창조된 인간은 금세 다른 이들과 더이상 구별할 수 없게 되었다. 모두가 비슷했으니 말이다. "그는 다만 방법이 틀렸어." 계속해서 사탄이 말했다. "어떻게 혼자서 인간을 모두 만들려고 할 수 있다는 거지? 이것은 적절한 도구들이 전혀 아니야." 그러면서 그는 거칠게 그려진 정원의 신을 가리켰다. 그 형상은 무대배경에서 아모르와 매우 아름다운 나체의 비너스 사이에 서 있었다. "이 점에 있어서는 우리 친구 헤라클레스의 생각이 더 옳았어. 그는 인류의 구원을 위해 하룻밤에 50명의 소녀들을 상대할 수 있었거든. 용감하기까지 한 소녀들이었는데 말이지.* 또한 그는 노역도 했고 많은 섬뜩한 괴물들을 목 졸라 죽였지. 하지만 그의 인생행로의 목적은 항상 숭고한 무위였어. 그런 까닭에 그 역시 올림포스로 간 거야. 교육과 계몽의 창안자인 이 프로메테우스는 그렇지 않

* 헤라클레스는 테스피아이의 왕 테스피오스의 소떼를 해친 사자를 퇴치했다. 테스피오스는 그를 환대하여 딸 50명과 동침시켰고 각각의 딸들이 헤라클레스의 자식을 낳았다.

아. 너희가 한순간도 가만히 있지 못하고 줄곧 그렇게 정진하는 건 그에게서 물려받은 것이야. 그래서 할 일이 하나도 없으면 너희는 심지어 멍청한 방식으로 개성을 추구한다거나 혹은 서로가 서로를 관찰하고 파헤쳐보려고 하지. 그런 시작은 못마땅하다고. 하지만 프로메테우스는 인간을 일하도록 유혹했기 때문에 원하든 원치 않든 지금도 계속 일을 해야만 해. 그는 무척이나 지루해질 거야. 그리고 결코 사슬에서 자유롭지도 못할 거야." 관객들은 이런 말을 듣자 눈물을 터뜨렸다. 그리고 무대로 뛰어올라 제 아버지에게 진심 어린 애정을 확인시켜주었다. 그리고 이렇게 이 알레고리적 희극은 사라져버렸다.

신의와 장난

“당신 혼자인 거요, 루친데?”

“잘 모르겠네요…… 아…… 그런 것 같아요.”

“제발, 제발! 사랑하는 루친데. 당신도 알지 않소. 어린 빌헬미네가 제발, 제발! 말할 때마다 그걸 바로 들어주지 않으면 제 의지가 관철될 때까지 점점 더 큰소리로 간절하게 소리지른다는 걸.”

“그러니까 이 이야기를 하려고 그렇게 허겁지겁 방으로 뛰어들어와서 나를 놀라게 한 건가요?”

“화내지 말아요, 귀여운 당신! 오, 놔둬요, 여보! 아름다운 당신! 나를 비난하지는 말고, 착한 당신!”

“자, 문을 닫으라고 바로 말하지는 않겠지요?”

“글쎄? ……금방 대답해주겠소. 우선 정말로 긴 입맞춤을 해줘요. 그리고 다시 한번, 그다음엔 몇 번 더 그런 다음엔 더 많이.”

"오, 내가 차분하게 있어야 할 때 그렇게 입맞추면 안 돼요. 나쁜 생각이 들게 한단 말이에요."

"당신이 그런 생각을 할 만도 하지. 정말로 웃을 수 있겠소, 기분 상한 아가씨? 누가 그렇게 생각하겠소! 그렇지만 나는 잘 알아요. 그저 나를 조롱할 수 있어서 당신이 웃는다는 걸. 즐거워서 그러는 건 아니라는걸. 조금 전 로마 원로원 의원처럼 진지하게 보였던 사람은 과연 누굴까? 당신이 법정에 있는 것처럼 거기 앉아 있지 않았다면, 여보! 성스러운 짙은 눈동자와 저녁 햇살이 반짝이며 반사되는 길고 검은 머릿결이 어우러져 정말로 매력적으로 보일 수도 있었을 텐데. 맙소사! 당신이 나를 그렇게 쳐다봤으니 내가 정말로 뒤로 움찔할 수밖에. 가장 중요한 것을 하마터면 잊을 뻔해서 나는 완전히 혼란에 빠졌소. 그런데 왜 당신은 아무 말도 하지 않는 거요? 내가 못마땅하오?"

"글쎄요, 재미있네요! 바보 같은 율리우스! 누구 보고 말하라는 건가요? 당신 다정함이 오늘은 폭우처럼 쏟아지는군요."

"밤에 나누는 당신과의 대화도 그렇소."

"오, 스카프는 그냥 놔두세요, 여보."

"그냥 두라고? 그럴 수는 없지. 볼품없는 시시한 스카프가 뭐라고? 편견이오! 벗어버려요."

"누군가 우릴 방해라도 하면 어쩌려고요!"

"아이가 울 것 같지는 않은데! 괜찮소? 당신 심장이 왜 그렇게 불안하게 뛰는 거요? 이리 와요, 키스해줄게요. 아, 당신이 좀전에 문을 닫으라고 말했지. 좋아, 하지만 그러지 말고, 여기서 말고. 잽싸게 저 아래 정원으로 내려갑시다, 꽃들이 있는 별관으로. 가자고! 오, 날 오래 기다리게 하지 말아요."

"당신이 원하신다면, 여보!"

"알 수가 없군. 당신 오늘 매우 이상하네."

"당신이 훈계를 늘어놓기 시작하면, 사랑스러운 이여, 우리는 다시 되돌아갈 수도 있어요. 내가 당신에게 입맞추고 먼저 가는 것이 차라리 낫겠네요."

"오, 그렇게 빨리 달려가지 마요, 루친데. 도덕이 당신을 따라잡지는 않을 테니까. 넘어지겠어요, 내 사랑!"

"당신을 오래 기다리게 하지 않으려 그랬던 거예요. 자, 이제 우리 여기 왔네요. 그러니 당신 또한 서둘러요."

"잘 따라주는군. 하지만 지금은 싸울 시간이 아니에요."

"침착하게, 침착하게!"

"봐요, 여기서 당신은 편안하게 제대로 쉴 수 있어요. 자, 당신이 이번에 하지 않는다면…… 하여간 전혀 미안해하지도 않는군."

"우선 커튼이나 좀 내려주지 않을래요?"

"당신 말이 맞소. 빛이 훨씬 더 유혹적으로 보이는군. 이 하얀 엉덩이가 붉은 빛을 받으니 얼마나 아름다운지 모르겠소! ……왜 그렇게 냉담하오, 루친데?"

"내 사랑, 수선화는 멀리 놓아줘요. 그 향기가 저를 마취시키네요."

"정말 탄탄하고 단단하군, 정말 매끄럽고 섬세한데! 정말 균형이 잘 잡혔어."

"오, 안 돼요, 율리우스! 제발, 부탁건대, 나는 원치 않는다고요."

"당신이 나처럼 흥분했는지 아닌지 내가 느끼면 안 될까? 오, 당신 심장의 박동을 들어보고 가슴의 하얀 살결에 입술을 식히게 해주오! ……나를 밀어낼 수 있겠소? 내가 복수할 텐데. 나를 더 세게 안아줘요, 입맞춤에 입맞춤을 해주고. 아니! 여러 번 말고, 단 한 번의 영원한 입맞춤을. 내 영혼을 완전히 가져가고 당신 영혼을 내게 주오! ……오, 같이 있으니 정말 좋군! 우리는 어린아이가 아닐까? 말해봐요! 어떻게 당신이 조금 전에는 그렇게 무관심하고 냉담할 수 있었는지. 그리고 나중에 당신이 마침내 나를 더 가까이 끌어당겼을 때, 바로 그 순간에 당신은 어떤 표정을 지었는데, 마치 나의 열광에 응답하는 것이 당신에게는 고통스러운 듯 어디가 아픈 것 같았소. 무슨 일이오? 우는 거요? 얼굴을 숨기지 말아요! 날 봐요, 나의 연인이여!"

"오, 여기 당신 곁에 눕게 해줘요. 당신 눈을 쳐다볼 수 없어요. 내 상태가 정말 좋지 않았어요, 율리우스! 나를 용서할 수 있나요, 사랑스러운 남편! 당신은 나를 떠나지 않을 거죠? 나를 여전히 사랑할 수 있지요?"

"내게로 와요, 귀여운 나의 아내여! 여기 내 가슴으로. 당신도 알고 있잖소? 당신이 내 품에 안겨 울면 얼마나 좋았는지, 당신 마음이 얼마나 홀가분해졌는지. 하지만 이제 말해봐요. 무슨 일이오? 내 사랑. 나한테 화가 난 거요?"

"나한테 화가 나 있어요. 날 때릴 수도 있을 것 같아요…… 당신에게는 물론 아주 잘된 일일 테지요. 그리고 만일 당신이 이다음에도 다시 한번 남편의 권리를 행사한다면, 여보! 그렇게 되면 당신이 나를 또한 아내처럼 대하도록 신경을 훨씬 더 많이 쓸 거요. 그건 당신이 기대해도 좋아요. 얼마나 놀랐는지 웃지 않을 수 없군요. 하지만 여보, 당신이 끔찍할 정도로 사랑스럽다고는 상상하지 말아요. 나의 결심을 깨뜨린 것은 이번에는 나 자신의 의지였어요."

"최초의 의지와 마지막 의지가 항상 최선의 의지라오. 여성들은 대체로 자신들이 생각하는 것보다 적게 이야기하는 대신 원하는 것보다 이따금씩은 더 많은 것을 행하지. 그것은 너무나도 당연해요. 좋은 의지는 당신들 여성들을 유혹하니까. 선의는 매우 좋은 것이지만, 그것의 나쁜 점은 사람들이 선의를 원하지 않더라도 항상 거기 존재한다는 거요."

"그것은 아름다운 잘못이로군요. 하지만 당신들 남성들은 악의로 가득차 있고 그런 면에서는 고집불통이지요."

"오, 아니오! 우리가 고집불통처럼 보인다면, 그것은 단순히 우리가 달리 어떻게 할 수 없어서지 악의가 있어서는 아니라오. 우리가 제대로 원하지 못하기 때문에 우리가 할 수 없는 거요. 따라서 그것은 악의가 아니라 의지의 결핍이오. 그리고 당신들 여성들이 남아도는 선의를 우리와 공유하지 않고 혼자서만 선의를 가지려고 한다면, 그것은 당신들 잘못이 아니고 누구의 잘못이란 말이오? 게다가 내가 여기서 이렇게 의지에 관한 논쟁에 빠져든 것은 정말이지 마지못해서였소. 그리고 우리가 이렇게 해서 얻고자 하는 것이 무엇인지 나 자신도 모르겠소. 그럼에도 내가 이 아름다운 도자기를 깨는 것보다는 몇 마디 말로 화풀이를 하는 게 언제나 더 낫겠지. 이런 기회에 나야말로 당신의 예기치 않은 파토스, 당신의 탁월한 말솜씨와 당신의 칭찬할 만한 결의에 처음으로 놀랐는데, 거기서 뭔가를 얻을 수 있었다오. 사실 이건 당신을 내가 알게 되는 영광을 안겨주었던 타격들 가운데서 가장 이상한 것 중 하나요. 내가 기억할 수 있는 한, 당신은 이미 몇 주 전부터 낮에는 지금 늘어놓는 잔소리처럼 그렇게 신중하고 완전한 문장으로 말한 적이 없었소. 당신의 생각을 산문으로 써보는 것이 어떻겠소?"

"어젯밤과 그 흥미로웠던 모임을 당신은 정말 벌써 완전히 잊었나봐요? 물론, 나는 알 수 없는 일이지요."

"그러니까 당신은 내가 아말리에와 너무 많이 이야기를 나눠서 화가 난 거로군?"

"당신이 원하는 만큼, 그리고 원하는 사람과 실컷 이야기하세요. 그렇지만 당신은 내게 예의를 지켜야 해요. 그걸 나는 원하는 거예요."

"당신은 굉장히 큰 소리로 말을 했고, 그 낯선 남자가 바로 옆에 서 있었는데, 나는 걱정스러워서 어떻게 해야 할지 몰랐소."

"당신이 미숙했기 때문에 무례하게 군 건 제외하라고요?"

"용서해주오! 잘못했다고 인정해요. 당신과 함께 모임에 참석하면 내가 얼마나 곤혹스러워하는지 당신도 알지 않소. 다른 사람들이 있는 데서 당신과 이야기하는 것은 정말 힘들단 말이오."

"정말 변명은 잘도 하는군요!"

"다음에도 내가 그렇게 하면 절대 못 본 체하지 말아요. 정말로 나한테 주의를 환기시켜 단호하게 대하라고요. 그런데 봐요, 당신이 지금 뭘 했는지! 이것은 신성모독이 아니오? 오, 맙소사! 이건 있을 수 없는 일이오, 그 이상이에요. 나한테 시인해요, 그건 질투였다고."

"그 저녁 내내 당신은 나를 유감스럽게도 완전히 잊었어요. 오늘 아침 일찍 당신에게 이 일에 관해 쓰려고 했지만 다시 찢어버렸어요."

"내가 막 왔을 때 말이오?"

"당신이 굉장히 서두르는 것이 날 짜증나게 했어요."

"내가 그렇게 잘 흥분하고 열광적이지 않다면 당신이 나를 사랑할 수 있겠소? 당신 역시 그렇지 않나요? 당신은 우리의 첫 포옹을 잊었소? 어느 순간 사랑은 와 있소. 완전하게 영원히, 아니면 전혀 오지 않거나. 모든 신성한 것과 모든 아름다운 것은 갑작스럽고 가벼워요. 아니면 기쁨이란 가령 금이나 다른 물질들처럼 한결같은 행실을 통해 차곡차곡 쌓이는 것일까? 대기 속에 퍼지는 음악처럼 그 숭고한 행복은 우리를 놀라게 하고, 나타났다가 사라진다오."

"그렇게 당신이 나한테 나타난 거예요, 진실한 당신! 그런데 내게서 사라지려고요? 내가 말해두는데, 그래서는 안 돼요."

"그러지 않을 거요. 나는 당신 곁에 있을 거예요, 여하간 그리고 지금도. 들어봐요, 나는 질투에 관해서 당신과 긴 논쟁을 정말 하고 싶단 말이오. 하지만 엄밀히 말하자면 우리는 우선 모욕당한 신들을 진정시켜야만 할 거요."

"논쟁을 먼저 하고, 신들은 그다음에요."

"당신이 옳소. 우리가 아직 그럴 처지는 아니지. 그리고 당신은 방해를 받거나 기분이 상하면 회복하는 데 오랜 시간이 걸리지 않소. 당신이 그렇게 예민한 것이 정말 좋다오!"

"나는 당신보다 예민하지는 않아요. 단지 다를 뿐이지요."

"자, 이제 말해봐요. 난 질투가 나지 않는데, 어떻게 당신은 그렇게 질투를 하는 거요?"

"이유 없이 그러겠어요? 내게 대답해봐요!"

"무슨 말을 하는지 모르겠군."

"글쎄, 원래 나는 질투심이 없어요. 하지만 말해봐요, 당신들은 밤새도록 함께 모여서 무슨 이야기를 한 거죠?"

"그러니까 아말리에를 질투하는 거요? 그게 가당한 일인가? 정말 어린애 같군요! 그녀와는 아무 이야기도 하지 않았소. 그래서 즐거웠던 것이고. 그리고 안토니오와는 그렇게 오래 이야기하지 않지 않았나? 안토니오야 언제부터인가 거의 매일 봤으니까."

"그래서 나보고 믿으라는 건가요? 교태나 부리는 아말리에나 과묵하고 진중한 안토니오나 당신이 똑같이 대하며 이야기를 한다고. 그건 명백하게 순수한 우정이다, 그런 건가요?"

"오, 아니오, 그렇게 믿어서는 안 되고 또 그렇게 믿을 필요도 없어요. 전혀 그렇지 않소. 어떻게 당신은 내가 그런 바보 같은 짓을 할 거라고 믿을 수 있소? 왜냐하면 정말 바보 같은 짓은, 서로 다른 성性의 두 사람이 어떤 관계를 만들고 그것을 순수한 우정이라고 생각하는 것이기 때문이오. 아말리에와는 전혀 그렇지 않아요. 내가 그녀를 장난삼아 좋아하는 것에 지나지 않는다고. 그녀가 약간의 교태라도 부리지 않는다면 나는 그녀를 좋아하지 않았을 거요. 우리 모임에 그런 사람들이 더 많았으면 좋겠군! 모름지기 모든 여성들은 장난삼아 좋아해야 하는 거라고."

"율리우스! 난 당신이 정말 바보가 되어간다는 생각이 들어요."

"자, 내가 말하는 걸 잘 들어봐요. 실은 모든 여성을 말하는 것이 아니라, 사랑받을 만한 여성과 우연히 마주치게 되는 여성들만 말하는 거요."

"그게 바로 프랑스인들이 말하는 이성의 환심을 사려는 친절과 교태예요."

"아름답고 재치 있다고 생각하는 것 그 이상은 아니라오. 그리고 그렇다면 인간은 자신이 무엇을 행하고 무엇을 원하는지 알아야만 해요. 하지만 그런 경우는 매우 드물지. 세련된 장난은 그런 인간들의 손을 거치면 바로 다시 우악스러운 진지함으로 변하거든."

"그렇게 장난삼아 좋아하는 걸 지켜보는 것은 전혀 재미있지 않은데요."

"거기에 장난은 책임이 없어요. 그것은 치명적인 질투심에 불과해요. 용서해주오, 내 사랑! 화내려는 것은 아니지만 어떻게 사람들이 질투심에 사로잡힐 수 있는지 나는 도통 이해할 수 없소. 감정을 상하게 하는 일은 마냥 선행을 베푸는 것만큼이나 사랑하는 사람들 사이에서는 일어나지 않는 일이기 때문이오. 그렇기에 그것은 불확신에서 기인하거나 사랑이 모자라서, 자기 자신에 대해 충실하지 못하기 때문에 생겨나는 것이 틀림없소. 내게 행복은 확실한 것이고 사랑은 신의와 한가지라오. 물론 사람들이 사랑하는 방법은 약간씩 다르겠지. 남자는 여자에게서 단지 여성이라는 종적 속성을 사랑하고, 여자는 남자에게서 오직 선천적 자질과 시민적 지위의 등급만을 사랑하고, 그리고 이 두 사람은 자식들에게서는 단지 제 소유의 어설픈 작품과 재산을 사랑할 뿐이오. 이때 이 신의란 공덕이자 미덕이오. 그리고 거기에는 질투심도 자리하고 있소. 왜냐하면 사람들은 자신과 비슷한 사람들이 많다고 믿는데, 한 사람은 각기 인간으로서는 대략 다른 사람만큼의 가치가 있지만 그들 모두를 합쳐놓으면 특별히 대단치는 않다는 암묵적인 믿음이 무척이나 옳은 것이라고 느끼기 때문이오."

"그렇다면 당신은 질투를 공허한 저속함과 교양 없음에 지나지 않는 것이라 여기는 거군요."

"그렇소. 혹은 잘못된 교양이고 전도된 행위라오. 그건 정말 나쁘거나 훨씬 더 나쁜 것이오. 그 시스템에 따르면 의도를 갖고 단순한 호감과 친절함으로 결혼하는 것이 최선이오. 그런 사람들에게는 서로 개의치 않고 떨어져 사는 것이 확실히 편하고 즐거울 것이 틀림없어요. 특히 여성들은 결혼 생활에 대한 제대로 된 열정을 얻을 수 있소. 그런 어떤 여성이 이 취향을 비로소 발견하게 되면 여섯 번씩이나 잇달아, 정신적으로든 육체적으로든, 결혼하는 일이 쉽게 벌어진다오. 그렇게 되면 상대를 바꿔가며 우아하게 우정에 관해 많은 것을 이야기할 기회가 결코 부족하지는 않을 거요."

"당신은 방금 전에 여성들끼리는 우정을 유지할 수 없을 거라고 말했잖아요. 정말로 그렇게 생각하나요?"

"그렇소! 하지만 내 생각에, 그 무능력은 여성들 탓이라기보다는 우정 자체에 원인이 더 있어요. 연인과 아이처럼 당신들이 정말 좋아하는 모든 것을 당신들은 사랑하오. 여성들에게는 어떤 자매 관계라 할지라도 이런 성격을 띨 것 같소."

"그 점에서는 당신이 옳아요."

"우정은 당신들 여성들에게는 너무 다면적이면서 동시에 일면적이오. 우정은 정말 정신적이어야 하고 완전히 분명한 경계를 갖고 있어야 하오. 이러한 분리는 여성적 본성을 보다 미묘한 방식으로, 사랑 없는 단순한 육체적 욕망만큼이나 완전히 파괴할 것이오. 사교 생활을 하는 데 우정은, 하지만 너무 신중하고 너무 심오하고 너무 성스러워요."

"남자인지 여자인지 물어보지 않고서는 사람들은 도대체 서로 이야기를 나눌 수 없는 것일까요?"

"그건 매우 진지한 이야기 같군. 기껏해야 하나 정도의 흥미로운 사교모임은 있을 수 있겠지. 내가 무슨 말을 하는지 당신은 이해할 거요. 그런 데서 자유롭고 재치 있게 이야기를 할 수 있다면, 그리고 너무 거칠거나 너무 뻣뻣하게 굴지 않는다면 이미 상당한 성공일 거요. 하지만 가장 섬세하고 가장 최고의 것은 항상 부족할 듯하군. 이것이야말로 어느 정도 괜찮은 사교모임이 이루어지는 곳이라면 어디라도 그것의 정신과 영혼이라오. 그리고 그것이 바로 사랑과의 장난이고 장난삼은 사랑이오. 전자는 후자에 대한 감각이 없으면 그저 재미로 전락하고 말아버린다오. 이런 이유에서 나는 이중성 또한 옹호하는 편이오."

"당신은 이런 말을 장난삼아서 혹은 재미 삼아서 하는 건가요?"

"아니, 아니오! 나는 정말 진지하게 말하는 거라오."

"하지만 파울리네와 그녀의 애인만큼 진지하고 엄숙하지는 않은데요?"

"맙소사! 내가 보기에 그 두 사람은 서로 포옹할 때마다, 이런 표현이 적절하다면 기도 시간을 알리는 종을 울리게 할 것 같던데. 오! 나의 벗이여! 인간은 본성상 한 마리 진지한 동물이라는 것은 진실이오. 이런 부끄럽고 불쾌한 경향을 온 힘을 다해서 모든 측면에서 저지해야 하오. 이를 위해서는 이중성도 유용하지. 단지 간혹가다 애매모호해서 그렇지만. 그리고 이중성이 그렇지 않고 하나의 의미만을 허용한다면, 그것은 비도덕적이지는 않겠지만 노골적이고 무미건조할 뿐이오. 경박스러운 대화는 가능한 한 이지적이고 우아하고 겸손해야 해요. 하지만 그 외에는 지나칠 정도로 거침없어야 하고."

"그것 좋네요. 하지만 그런 대화들이 바로 사교모임에서는 어때야만 하지요?"

"요리의 소금처럼 대화가 신선하게 유지되어야 하겠지. 중요한 것은, 왜 그런 종류의 대화를 나누어야 하느냐가 아니라 어떻게 그걸 해야 하느냐인 거요. 그렇게 내버려둘 수도 없고 내버려두어서도 안 되기 때문이오. 어느 매력적인 소녀와 대화하며 마치 그녀가 성별이 없는 양서류인 것처럼 구는 것은 정말 무례한 일일 거요. 그녀가 현재는 어떤 모습이고 앞으로는 어떤 모습일지 항상 넌지시 암시하는 것이 의무이고 책임이오. 그리고 지금처럼 무례하고 경직되고 잘못된 사교모임을 하면서 순진한 소녀이길 바란다는 것은 정말 우스운 상황인 거요."

"그 유명한 광대를 생각나게 하는군요. 모두를 웃게 만들면서 정작 자신은 자주 매우 슬퍼했던."

"사교모임은 오로지 위트를 통해서만 형성되어 조화로울 수 있는 하나의 카오스요. 그리고 우리가 열정을 이루는 요소들과 장난치고 희롱하지 못한다면, 열정은 두꺼운 덩어리로 뭉쳐져서 모든 것을 어둡게 만들 거요."

"그렇다면 여기에도 아마 열정이 공기 중에 있을지도 모르겠네요. 거의 어두워졌으니까요."

"내 마음의 숙녀께서는 두 눈을 감으신 것이 틀림없군. 그렇지 않으면 평상시의 빛이 틀림없이 이 방을 두루 비추고 있을 텐데."

"누가 더 열정적인 걸까요, 율리우스! 나 아니면 당신?"

"우리 두 사람 다 족히 그렇지. 그렇지 않다면 난 살고 싶지도 않소. 그리고 봐요! 그 때문에 내가 질투와 화해할 수도 있는 거요. 사랑에는 모든 것이 담겨 있어요. 우정, 아름다운 사교, 감각적 욕망과 열정도. 그리고 이 모든 것들이 사랑 안에 있어야 하고, 하나가 다른 하나를 강하게, 부드럽게, 생기 있게, 고상하게 해주어야 해요."

"안아줄게요, 진실한 당신!"

"하지만 한 가지 조건하에서만은 나는 당신에게 질투를 허용할 수 있소. 내가 자주 느낀 바로는, 극소량의 교양 있고 세련된 분노는 남자에게 나쁘지 않소. 아마 질투도 당신에겐 그럴 거요."

"맞았어요! 그래서 나는 질투를 완전히 포기할 필요가 없다고요."

"질투가 오늘 당신에게서처럼 항상 그렇게 아름답고 재치 있게 표현된다면야!"

"그렇게 생각해요? 당신이 다음번에 아름답고 재치 있게 화를 낸다면, 내가 당신에게 이와 똑같이 말하고 당신을 칭찬해줄게요."

"이제 우리는 모욕당한 신들을 달랠 자격이 없는 거지요?"

"그래요, 당신 논쟁이 완전히 끝났다면 모를까 그렇지 않으면 나머지 이야기를 더 해요."

남성성의 수업시대

상당히 격한 열정적인 모습으로 카드놀이를 하지만 정신 나간 모습으로 멍하니 있는 것, 한순간 몹시 흥분하여 모든 것을 걸었다가 금방 다 잃고 나서도 아무렇지 않은 듯이 딴청을 부리는 것—이것은 율리우스가 파란만장한 젊은 시절에 탐닉했던 나쁜 습관들 중 하나에 불과했다. 솟구치는 힘으로 가득차서 피할 수 없는, 조숙한 파멸의 싹마저도 품고 있었던 어떤 인생의 정신을 묘사하기에는 이 한 가지 습관만으로도 충분하다. 상대가 없는 사랑의 감정이 그에게서 불타올라 내면을 뒤흔들어놓았다. 아주 사소한 계기로도 열정의 불길이 타올랐다. 하지만 이러한 불길은 금세 자부심이나 고집 탓에 그 대상마저 거부하는 것처럼 보였으며, 배가된 분노와 함께 다시 자기 자신과 그 대상으로 방향을 돌려 거기서 마음의 골수를 먹어치웠다. 그의 정신은 끊임없는 흥분상태에 있었다. 매 순간 그는 자신에게 뭔가 특별히 일이 일어나길 기대했다. 그 무엇도 그를 놀라게 했을 것 같지는 않다. 가장 당혹스러운 것은 자기 자신의 몰락이었을 것이다. 하는 일도 목적도 없이 그는 자신의 완전한 행복이 달려 있는 뭔가를 두려워하며 추구하는 사람처럼 사물들과 인간들 사이를 떠돌았다. 모든 것이 그를 사로잡을 수 있었고, 아무것도 그를 만족시킬 수 없었다. 따라서 방탕한 생활에 그가 흥미를 보였던 것도 시험 삼아 그렇게 지내봐서 그 내막을 더 상세히 알게 될 때까지만이었다. 어떤 종류의 방탕함도 그에게 전적으로 습관이 될 수는 없었던 것이다. 왜냐하면 그는 경솔함 만큼이나 경멸감도 컸기 때문이다. 신중하게 그는 흥청망청 즐기면서, 말하자면 쾌락에 빠져들 수 있었던 것이다. 그러나 그는 여기서도 혹은 수차례의 연애 행각에서도, 탐욕적인 지식욕으로 젊은이다운 열의를 쏟아붓곤 했던 연구에서도, 제 마음이 격렬하게 요구하는 지극한 행복을 발견하지 못했다. 이러한 절망의 흔적들은 어디에서나 나타나 그의 격렬한 기질을 실망시키고 격분시켰다. 그를 가장 자극한 것은 모든 종류의 사교생활이었다. 자주 그것에 염증을 느꼈음에도 그가 종국에는 다시금 되돌아온 곳이 바로 이러한 사회적 오락이었던 것이다. 여자들과 함께 있는 것에 일찍부터 익숙했음에도 그는 여성들을 정말이지 잘 알지 못했다. 그에게 여성들은 놀랄 만큼 낯설게 보였고, 가끔은 전혀 이해할 수 없었으며 같은 종의 존재라고 하기 어려울 정도였다. 하지만 그는 자신과 어느 정도 흡사한 젊은 남자들은 뜨거운 사랑으로, 진실한 우정의 분노로 사로잡았다. 그러나 그것만으로는 그를 충분히 만족시킬 수 없었다. 하나의 세상을 품으려 하지만 아무것도 손에 잡을 수 없는 것처럼 느껴졌다. 그래서 만족되지 않은 갈망 탓에 그는 점점 더 거칠어졌고, 정신적인 것에 절망한 나머지 감각적이 되어갔고, 운명에 저항하느라 어리석은 행동들을 저질렀으며, 나름의 충직함을 지녔지만 실제로는 비도덕적이었다. 그는 자기 앞에 놓인 심연을 보았으나 자신의 발걸음을 애써 늦출 가치가 없다고 여겼다. 조심스럽게 천천히 고통스러워하느니 차라리 야생의 사냥꾼처럼 삶의 급격한 경사를 빠르고 용감하게 내려가려고 했다.

이런 성격 탓에 그는 가장 사교적이고 유쾌한 모임에서 종종 외로움을 느껴야 했다. 그리고 곁에 아무도 없을 때는 실제로 외로움을 가장 덜 느꼈다. 그러고 나면 그는 희망과 기억의 이미지에 도취되어 의도적으로 저 자신의 환상에 유혹당하도록 스스로를 내버려두었다. 그의 모든 소망들은 헤아릴 수 없을 만큼 빠른 속도로, 그리고 틈새 공간도 거의 없이 처음의 가벼운 동요에서 무제한적인 열정으로 상승했다. 그의 모든 생각은 가시적인 형태와 움직임을 갖추고 가장 감각적인 명료함과 위력으로 그의 내면에서, 그리고 서로 맞서며 작용했다. 그의 정신은 자기지배의 고삐를 꽉 쥐려 애쓰지 않았고, 욕망과 자만심으로 이러한 내적 삶의 혼돈 속으로 뛰어들기 위해 자발적으로 그 고삐를 내던져버렸다. 그는 경험한 것은 별로 없었으나, 젊은 시절 초반의 기억들을 포함한 온갖 종류의 기억들을 가득 품고 있었다. 왜냐하면 열정적인 분위기의 어느 특별한 순간, 어떤 대화, 마음 깊은 곳에서 우러나온 어떤 잡담은 그에게 영원히 진실되고 분명하게 남아 있었으며, 수년이 흐른 뒤에도 여전히 마치 그것이 현재의 일인 양 정확하게 알고 있었기 때문이다. 하지만 그가 사랑했고, 사랑스러운 마음으로 생각했던 모든 것은 갈기갈기 찢겨 흩어졌다. 그의 상상 속에서 그의 전존재는 아무런 연관관계도 없는 파편 덩어리에 불과했다. 각각의 파편은 그것 자체로 하나이며 전부였다. 그리고 각 파편 옆에 실제로 또다른 파편이 있어서 서로 결부되어 있다 하더라도, 그것은 그에게는 아무런 상관이 없는 것이었고 존재하지 않는 것이나 다름없었다.

고독한 소망들의 품 안에서 순수의 성스러운 이미지 하나가 그의 영혼에 갑자기 번쩍였을 때 아직 그는 완전히 타락한 상태는 아니었다. 갈망과 기억의 한줄기 빛이 그의 영혼에 명중하여 불을 붙였고, 이 위험한 꿈은 그의 인생을 통틀어 결정적인 것이었다.

그는 어느 고상한 소녀를 기억해냈다. 풋풋한 젊은 시절의 평온하고 행복하던 때에 그는 순수하고 천진난만한 애정을 가지고 그녀와 다정하고 쾌활하게 장난삼아 연애를 했었다. 자신에게 관심을 보이고 매혹시킨 첫번째 남자가 그였기 때문에 그 귀여운 아이도 제 어린 영혼을, 마치 꽃이 태양빛을 향해 기울듯이 그에게로 향하게 했다. 그녀가 미처 성숙하지 않았고 아직 어린아이의 경계에 있다는 사실이 그의 갈망을 그만큼 더 저항할 수 없을 정도로 자극했다. 그녀를 소유하는 것이 그에게는 최고의 행복처럼 느껴졌다. 그래서 그는 모든 것을 걸기로 결심했으며 그녀 없이는 살 수 없다고 생각했다. 그러면서 그는 시민적 도덕을 상기시키는 아주 미미한 경고조차 온갖 종류의 구속처럼 혐오했다.

그는 서둘러 그녀의 곁으로 돌아갔다. 그녀는 예전보다 더 교양 있어 보이기는 했지만 여전히 고상하고 독특하며, 사려 깊었고 강한 자부심이 느껴졌다. 그녀의 사랑스러움보다 훨씬 더 그를 자극했던 것은 바로 깊은 감정의 흔적들이었다. 그녀는 마냥 유쾌하고 가볍게, 꽃들이 만발한 평원 위를 나는 듯 인생을 사방팔방으로 날아다니는 것처럼 보였다. 하지만 그의 주의깊은 눈으로 보건대 무한한 열정을 향한 경향은 매우 확고했다. 그녀의 연정, 그녀의 순수함, 그녀의 과묵하면서도 숨겨진 본질은 혼자 있는 그녀를 볼 수 있는 기회를 수월하게 만들어주었다. 그리고 이와 결부된 위험은 이러한 시도의 짜릿함을 한껏 높였다. 그러나 그는 자신의 목적에 더 가까이 다가가지 못했음을 마뜩잖게 시인해야 했으며, 어린아이 하나도 유혹하지 못할 만큼 너무 미숙하다고 자책했다. 자발적으로 그녀는 몇 차례의 애무에 자신을 내맡기고 부끄러운 열망으로 응답해주었다. 하지만 이 경계를 그가 넘어서려 하자마자 그녀는 모욕당한 것처럼 보이지는 않았으나 완강하게 고집을 부리며 저항했다. 경우에 따라서 어떤 것은 허용되고 어떤 것은 절대 금지된다는 자신의 느낌에 따른 결정이라기보다는 아마도 어떤 이상한 계명에 대한 믿음에서 그러는 것 같았다.

그런데도 그는 지치지 않고 희망을 품고 지켜봤다. 언젠가 한번은 그가 뜻밖의 순간에 그녀를 놀라게 했다. 그녀는 이미 오랜 시간 혼자 있었고 자신의 상상과 불특정한 동경에 평소보다 더 자신을 맡기고 싶어했다. 이를 알아차렸기 때문에 그는 아마도 다시는 오지 않을 그 순간을 경솔하게 놓치고 싶지 않았다. 그래서 이 갑작스러운 희망으로 말미암아 스스로 열광의 도취 속으로 빠져들었다. 간청과 애원과 궤변이 강물처럼 그의 입술에서 흘러나왔다. 그는 그녀에게 애무를 퍼붓고 황홀감에 제정신이 아니었다. 활짝 핀 꽃의 줄기가 꺾이듯이 마침내 그녀가 귀여운 작은 머리를 그의 가슴으로 떨구었기 때문이다. 수줍어하지도 않으면서 그녀의 가냘픈 형상은 그를 휘감았고, 비단 같은 황금빛 곱슬머리가 그의 손 위로 흘러내렸고, 부드러운 갈망과 함께 아름다운 입의 꽃봉오리가 열렸으며, 그리고 짙은 갈색의 경건한 눈에서는 낯선 불꽃 한줄기가 퍼져나왔다가 사그라들었다. 그녀는 상당히 과감한 애무에 그저 미약한 반항으로 저항했다. 이러한 저항도 금세 멈추고, 그녀는 갑자기 팔을 내려뜨렸고, 그리고 모든 것을 그에게 맡겼다. 부드러운 처녀의 육체와 싱싱한 젖가슴의 열매들을. 하지만 바로 그 순간 강물 같은 눈물이 그녀의 눈동자에서 터져나왔다. 그리고 더할 나위 없이 쓰디쓴 절망이 그녀의 얼굴을 일그러뜨렸다. 율리우스는 너무나 놀랐다. 눈물 때문만은 아니었지만 그는 이제 갑작스레 완전히 정신을 되찾았다. 조금 전에 일어났던 일과 이제 닥칠 모든 일을 그는 생각했다. 자기 앞에 있는 이 희생양과 인간의 가련한 숙명을. 그러자 차가운 전율이 그를 엄습했고, 낮은 탄식이 가슴 깊은 곳에서 그의 입술을 통해 새어나왔다. 그는 최고조에 이른 저 자신의 감정에서 스스로를 경멸했으며, 그리고 보편적 공감에 관한 생각에 잠겨 지금 현재와 자신의 의도를 망각했다.

기회의 순간을 놓쳐버린 것이다. 그는 그 착한 아이를 위로하고 진정시키려 애만 쓰다가 역겨움을 느끼고, 순수의 화환을 제멋대로 찢어놓으려 했던 장소로부터 황급히 도망쳤다. 여성적 덕목을 자신보다 훨씬 더 못 미더워하는 많은 친구들이 자신의 행동을 미숙하고 우스꽝스럽게 생각하리라는 것을 그는 잘 알고 있었다. 그가 다시 냉정하게 숙고하기 시작했을 때 그 스스로도 거의 그런 생각이 들었다. 그런데도 그는 자신의 멍청함을 참으로 훌륭하며 흥미롭게 여겼다. 고귀한 천성의 소유자들은 평범한 관계들에서는, 그리고 다수의 눈으로 보기에도 불가피하게 순진하거나 혹은 정신 나간 것처럼 보일 수밖에 없다고 그는 생각했다. 다음에 다시 만났을 때, 그가 약삭빠르게 알아채거나 상상했던 대로, 그 소녀는 자신이 완전히 유혹당하지 않았다는 사실이 오히려 불만족스러운 것 같았다. 그런 까닭에 그는 제 의구심이 옳았음을 확인하고 지독한 비통함에 빠져버렸다. 거의 경멸감에 가까운 느낌이 그를 사로잡았다. 그럴 자격은 별로 없었지만. 그 자리에서 달아나 그는 다시금 오래된 고독 속으로 침잠했고 자기 자신의 갈망 속에서 쇠약해졌다.

그렇게 그는 우울한 기분과 방탕한 생활을 오가는 예전의 방식으로 한 시기를 또다시 살았다. 그를 위로하고 분주하게 만들며 타락으로의 길을 막을 능력과 진지함을 발휘할 수 있는 유일한 친구는 멀리 떨어져 있었다. 그래서 그의 갈망은 이러한 측면에서도 충족되지 못했다. 간절하게 그는 언젠가 그 친구를 향하여 손을 내뻗은 적이 있었다. 이제는 어서 그가 와주어야만 한다는 듯이. 그러고는 오랫동안 헛되이 기다리고 난 후 그는 절망적으로 다시 팔을 내려뜨렸다. 눈물을 흘리지는 않았지만 그의 정신은 희망 없는 비애에 찬 고통의 나락 속으로 떨어졌고, 새로운 어리석은 짓들을 저지를 때만 거기에서 벗어나 기운을 냈다.

이미 어렸을 적부터 사랑했던 도시를, 그곳에서 불과 방금 전까지만 해도 살았지만 이제는 영원히 떠나고 싶은 그 도시를, 장려한 아침 태양의 광채 속에서 뒤돌아봤을 때 그는 너무나도 기뻤다. 낯선 곳에서 자신을 기다리고 있을 새로운 고향의 신선한 생명을 벌써부터 들이마시며 그곳의 모습들을 열렬하게 사랑했던 것이다.

머지않아 그는 매력적인 다른 거처를 찾아냈다. 그곳에 그를 사로잡는 것은 아무것도 없었지만 그래도 많은 것들이 마음에 들었다. 그의 모든 능력과 성향은 새로운 대상들을 통하여 활기를 찾았다. 내면에 깃든 목적이나 기준도 없이 그는 어떻든 눈길을 끄는 피상적인 일에 모두 참여했고 이곳저곳 관여했다.

이러한 부산스러움에도 금세 공허함과 싫증을 느꼈기 때문에 그는 제 고독한 꿈들로 종종 되돌아가서 자신의 충족되지 않은 소망들로 이루어진 그 오래된 직물을 되풀이해서 직조했다. 언젠가 거울을 들여다봤을 때, 눈물 한 방울이 떨어졌다. 거울 속에서 그는 억누를 수 없는 사랑의 불꽃이 자신의 짙은 눈에서 침울하고 날카롭게 불타는 것을, 거친 검은 머리카락 아래로 얕은 주름들이 힘겹게 분투하고 있는 이마로 파고든 것을, 그리고 뺨이 너무나도 창백한 것을 보았던 것이다. 그는 헛되이 보낸 젊음을 한탄했다. 그의 정신은 이에 격분하여, 자신이 알고 지내던 아름다운 여성들 중에서 한 여인을 선택했는데, 더할 나위 없이 자유분방한 삶을 사는 그녀는 그 훌륭한 사교모임에서 가장 눈에 띄는 여성이었다. 그는 그녀의 사랑을 얻기로 작정하고 자기 마음이 이 대상으로 완전히 채워지게 내버려두었다. 그렇게 거칠고 제멋대로 시작된 것은 좋게 끝날 수가 없었다. 그리고 아름다운 만큼 허영심도 많았던 그 숙녀는 율리우스가 매우 진지한 관심을 기울이며 정중한 태도로 자신을 대하면서 주변을 맴돌기 시작하는 것을 이상하다고, 정말 이상하다고 생각할 수밖에 없었다. 때로는 나이가 지긋한 남편처럼 매우 불손하고 확신에 찬 태도를, 때로는 전혀 알지 못하는 사람처럼 매우 수줍고 낯선 태도를 보였으니 말이다. 그가 굉장히 특이하게 보인 탓에, 그러한 허세를 부리기 위해서는 실제보다 훨씬 더 부유해 보였어야 했을 것이다. 그녀는 가볍고 쾌활한 기질의 소유자였으며 말하는 본새가 그에게는 점잖게 느껴졌다. 하지만 그가 그 연인에게서 대단히 경솔하다고 여겼던 것은 다름아니라 진정한 기쁨과 유쾌함이 없는, 그리고 정신도 결여된, 생각이 모자란 열광이었다. 모든 것을 의도적이고 무의미하게 혼돈에 빠뜨리고, 남자들을 유혹하고 조종하며, 감언이설에 흠뻑 빠져드는 데 요구되는 만큼의 지적 능력과 약삭빠름을 제외하면 말이다. 불행하게도 그는 몇 차례에 걸쳐 그녀가 보낸 호의의 신호를 받았다. 그녀의 호의는 자신이 호의를 베풀었다는 것을 스스로 시인해서는 결코 안 되기 때문에 그 시혜자를 속박하지는 못하지만, 꼼짝없이 걸려든 신참자를 은밀한 마법으로 더욱더 벗어나지 못하게 묶어놓는 그런 종류의 것이었다. 한 번의 은밀한 시선과 악수만으로도, 혹은 모든 사람들이 듣기는 했지만 그 말의 원래 맥락과 거기에 담겨 있는 암시는 오로지 그에게만 이해되는 단 한마디 말로도 그를 완전히 황홀하게 만들 수 있었다. 그 단순하고 진부한 선물은 오로지 어떤 독특하고 특별한 의미를 지닌 듯한 가상을 통해서만 돋보였던 것이다. 그녀는 그에게, 그의 생각으로는 훨씬 더 분명한 신호를 건넸는데, 그녀가 그를 도통 이해하지 못하고 먼저 선수를 치는 것은 그의 감정을 심히 상하게 했다. 그는 그런 것에 모욕감을 느끼는 것을 오히려 자랑스러워했다.

그렇지만 장애물 없이 목표에 도달하기 위해 무조건 서둘러서 좋은 기회를 잡아야 한다는 생각이 들 때면, 그는 억제할 수 없을 정도로 자극을 받았다. 그녀의 선수 치는 태도가 기만에 불과하고 자기에게도 진지하지 않다는 의혹이 불현듯 들었을 때, 그는 이미 자신의 미적거림을 가혹하게 책망하고 있었다. 그러나 한 친구가 그에게 하나도 빠짐없이 전부 설명을 해주었을 때는 한 치의 의심도 그에게 남아 있을 수 없었다. 그는 사람들이 자신을 우습게 생각한다는 것을 알게 되었고, 그리고 사람들이 그렇게 보는 것이 정말 맞는다고 스스로에게 시인해야 했다. 이에 대해 그는 다소 격분했다. 그래서 만일 그가 이러한 공허한 인간들, 그들의 협소한 관계와 오해, 그리고 비밀스러운 의도와 동기의 모든 상황들을 정확하게 관찰하지 못하고, 따라서 철저하게 경멸하지 않았더라면 경솔하게 화를 불러일으킬 뻔했다. 다시금 그는 막연해졌다. 그리고 자신의 의심이 이제는 끝이 없었기 때문에, 저 자신의 의구심에 대해서도 그는 의심스러워했다. 이 불쾌감의 근거를 그는 때로는 오로지 제 고집과 과도한 민감함에서 찾았고, 그러고 나면 새로운 희망과 새로운 신뢰를 마음속에 품었다. 때로는 모든 것에서 실제로 의도적으로 그를 따라다니고 있는 듯한 불행을, 그것이 가하는 복수의 교묘한 책략만을 보았다. 모든 것이 불확실했으며, 그에게 점점 더 명확하고 확고부동해진 것은 오로지 다음과 같은 사실뿐이었다. 즉 완성된 어리석음과 우둔함은 대체로 남자들의 본래적 특권이며,

이와 대조적으로 변덕스러운 악의는 순진한 냉정함과 우스운 냉담함과 함께 여자들의 타고난 기술이라는 점이다. 이것이 그가 인간에 관한 지식을 힘들게 추구하면서 배우게 된 모든 것이었다. 개별적인 경우에도 그는 항상 명민한 방식으로 본질을 놓쳤는데, 이는 그가 어디에서나 인위적인 의도들과 심오한 관련성을 전제했기 때문이며, 심지어 중요하지 않은 것에 대한 감각도 전혀 없었기 때문이다. 그러면서 도박에 대한 열정이 자라났다. 도박의 우연적인 복잡성, 특이성과 요행은 마치 그가 자신의 열정과 그것이 대상들과 갖는 더 높은 관련성에 순전히 제멋대로 커다란 도박을 걸거나, 혹은 그럴 생각을 할 때의 바로 그 방식으로 그의 관심을 끌었다.

그래서 그는 어느 타락한 모임의 음모 속으로 점점 더 깊숙이 빠져들었고, 연속되는 기분풀이의 와중에 자신에게 남은 시간과 여력을 어느 한 젊은 여성에게 쏟아부었다. 사실상 매춘을 일삼는 여성들 가운데서 그녀를 만났음에도 그는 가급적 그녀를 혼자서 소유하고자 애를 썼다. 그녀가 그토록 그의 관심을 끌었던 이유는 그녀를 어디서나 인기 있게, 말하자면 유명하게 만드는 것, 즉 보기 드문 세련됨과 무궁무진한 다양성을 가진 관능적인 유혹의 기술 때문만은 아니었다. 그녀의 소박한 위트가 그를 더 놀라게 했으나 그를 가장 매혹시킨 것은 길들지 않은 유능한 지성의 밝은 불꽃들처럼 특히 그녀의 단호한 태도와 일관된 행실이었다. 극도로 타락한 상황 가운데서도 그녀는 일종의 성격을 보여주었다. 그녀는 정말 특이했으며, 그녀의 이기심은 평범한 성격의 것이 아니었다. 독립성 다음으로 그녀는 지나칠 정도로 돈을 좋아했지만 돈을 쓸 줄도 알았다. 그러면서 아주 부유하지 않은 누구에게도 공정하게 대했으며, 부유한 이들에게조차 제 소유욕에 있어서만큼은 솔직했고 술책을 부리지 않았다. 그녀는 아무 걱정 없이 현재의 삶에만 충실한 것 같아 보였지만 항상 미래를 염두에 두고 있었다. 그녀는 중요한 것들에서는 저 나름의 방식대로 낭비를 했으며 최고의 사치를 누리기 위해서 사소한 것에서는 절약을 했다. 그녀의 내실은 간소했고 흔한 가구 하나 없었는데, 단지 방의 모든 벽에 커다랗고 값비싼 거울이 있었고, 남는 공간에는 코레조와 티치아노*가 그린 관능적 회화의 훌륭한 모사품 몇 점과, 마찬가지로 싱그럽고 탐스러운 꽃들과 과실들이 그려진 아름다운 원본 정물화 몇 점이 걸려 있었다. 벽면에는 판벽 대신 매우 생동감 넘치고 유쾌한 장면들이 고대 양식에 따라 석고 부조로 새겨져 있었고, 의자 대신 진짜 오리엔탈 양탄자들과 실물 크기의 절반 정도인 대리석 석상 몇 개가 있었다. 도망치려다가 넘어져버린 어느 요정을 때마침 완전히 덮치고 있는 탐욕스러운 사티로스, 옷자락을 들어올린 채 미소 지으며 관능적인 등 너머로 엉덩이를 보고 있는 비너스, 그리고 이와 비슷한 다른 석상들이 있었다. 이곳에서 그녀는 종종 터키 풍습에 따라 며칠이고 혼자서 양손

* 둘 다 르네상스 시기의 이탈리아 화가.

을 무릎에 올려놓고 한가하게 앉아 있었는데, 여성적인 일은 무엇이나 혐오했기 때문이다. 다만 이따금씩 그녀는 좋은 향기를 들이마시며 생기를 되찾았고, 그럴 때면 그녀의 하인, 즉 그가 열네 살이었을 때 그녀가 특별히 유혹했었던 그림처럼 아름다운 소년으로 하여금 이야기, 여행기, 동화를 낭독하게 했다. 뭔가 재미있는 일이 벌어지거나 자신 또한 수긍하는 어떤 일반적인 의견을 제외하고는 그녀는 별로 주의깊게 듣지 않았다. 왜냐하면 그녀는 그 무엇도 존중하지 않았고 오로지 현실적인 것에만 반응했으며 모든 종류의 시문학을 가소롭게 여겼기 때문이다. 한때 그녀는 연극배우였으나 아주 짧은 기간만 활동했고, 자신의 미숙한 소질과 그때 견뎠던 지루함을 기꺼이 웃음거리로 삼았다. 그녀의 많은 특징들 가운데 하나는, 그러한 경우에 그녀가 삼인칭으로 자신에 관해서 말한다는 것이었다. 이야기를 할 때에도 그녀는 자신을 다만 리제테라고 불렀고, 글을 쓸 수 있게 된다면 저 자신의 이야기를, 하지만 물론 다른 사람인 것처럼 쓰려 한다고 자주 말했다. 그녀는 음악에 관해서는 전혀 아무런 소감이 없었지만, 조형예술에 관해서는 감각이 뛰어나서 율리우스는 자주 자기의 작업과 생각에 관해서 그녀와 이야기를 나누었으며, 그녀가 지켜보는 가운데 대화하면서 율리우스가 완성한 스케치들을 최고라고 여겼다. 그러나 입상과 소묘에서는 다만 생동하는 활력을, 회화에서는 색채의 마술과 육체의 사실성과 기껏해야 빛의 환영만을 높이 평가했다. 그녀에게 누군가가 규범에 관해, 이상에 관해 그리고 흔히 말하는 묘사에 관해 말을 꺼내면, 그녀는 웃어버리거나 전혀 귀기울여 듣지 않았다. 도와주려는 많은 선생들이 기꺼이 나섰다 하더라도, 직접 무엇인가를 시도하기에 그녀는 너무나 활기가 없었고 잘못 길들어 있었으며 자신의 삶의 방식에 지극히 만족스러워했다. 또한 그녀는 어떤 형태의 아첨도 신뢰하지 않았고, 자신이 예술 분야에서 아무리 노력을 기울인다 한들 제대로 된 그 무엇도 성취하지 못할 것임을 굳게 확신하고 있었다. 사람들이 그녀의 취향과, 간혹가다 좋아하는 정선된 물건들을 가져다놓은 그녀의 방을 칭송하면, 그녀는 그 대신에 우스꽝스러운 방식으로 훌륭한 옛 섭리와 영리한 리제테를 우선 칭송했고, 다음으로는 영국인과 네덜란드인을 자신이 알고 있는 최고의 국민이라고 칭찬했다. 왜냐하면 이런 타입의 신참자 몇 명이 소유한 가득찬 금고가 무엇보다도 그녀의 방을 화려하게 치장할 수 있는 견고한 토대가 되었기 때문이다. 아무튼 그녀는 멍청한 누군가를 이용해먹을 때면 무척 즐거워했다. 하지만 이런 일을 그녀는 우스꽝스럽고 거의 어린아이 같은 방식으로 재치 있게 행했는데, 이는 야비함보다는 자만심에서 비롯된 것이었다. 자신의 영리함 전부를 그녀는 남자들의 집요함과 무례함을 방어하는 데 사용했으며, 그리하여 거칠고 막돼먹은 사람들이 진심 어린 존경심으로 그녀에 관해 이야기하도록 하는 데 상당한 성공을 거두었다. 그녀를 개인적으로 알지 못하고 직업만으로 알고 있던 자에게 그녀는 매우 이상하게 보였던 것이다. 무엇보다도 이런 점이 호기심 많은 율리우스로 하여금 그녀와 매우 특별한 친분을 쌓도록 자극했으며, 머지않아 율리우스는 경탄할 만한 이유를 더 많이 발견했다. 평범한 남자들과 어울리면서 그녀는 자신이 신세를 지고 있다고 생각하는 것은 무엇이나 견디며 실행에 옮겼다. 정확하고, 능숙하게 그리고 예술적 감각으로, 하지만 아주 냉정하게. 어떤 남자가 마음에 들면 그녀는 그를 자신의 성스러운 방으로 데려갔는데, 그럴 때면 완전히 다른 사람이 된 것처럼 보였다. 그러고 나면 그녀는 아름다운 도취적인 격정 상태에 휩싸였는데, 거칠고 무절제하며 만족할 줄 모르는 채 예술은 거의 망각하고 남성성의 황홀한 숭배에만 빠져들었다. 그런 이유로 율리우스는 그녀를 사랑했다. 그리고 그녀가 자신에게 매우 애착을 갖는 것처럼 보였기 때문이기도 했다. 물론 그녀가 이에 관해 많은 말을 하지는 않았지만. 그녀는 누가 지적인지 금방 알아챘고, 그런 남자를 발견했다고 생각하면 솔직하고 다정해졌으며, 그러고 난 후엔 그가 세상에 대해 알고 있는 바를 이야기하는 것에 기꺼이 귀를 기울였다. 많은 남자들이 그녀에게 가르침을 주었으나, 율리우스를 제외하고는 그 누구도 그녀의 가장 내적인 본질을 이해하고 섬세하게 돌보지 못했으며 그녀의 진정한 가치를 존중하지 않았다. 그런 까닭에 그녀는 말로 표현할 수 있는 것보다도 더 그에게 헌신적이었다. 아마 처음으로 그녀는 젊은 시절 초반의 순수함을 감동적으로 기억했으며, 다른 때라면 완전히 만족스러워했을 주변 여건을 과시하지도 않았다. 이를 율리우스는 느꼈고 이에 기뻐했지만, 그녀의 신분과 타락이 불러일으키는 경멸의 감정까지는 결코 통제할 수 없었다. 자신이 느끼는 지울 수 없는 불신은 그로서는 이 경우에 정당한 것으로 여겨졌다. 그런 까닭에 그녀가 이후 어떠한 예고도 없이 자신이 아버지가 되리라는 명예로운 소식을 알렸을 때 그가 얼마나 격분했던지. 그리고 그녀가 자신과 약속했음에도 불과 얼마 전에도 어떤 다른 이의 방문을 받아들였다는 사실을 그는 알고 있지 않았던가. 그에게 그 약속을 하는 것을 그녀는 거절할 수가 없었다. 그녀로서는 아마도 기꺼이 약속을 지키려 했겠지만, 그녀는 그가 줄 수 있는 것보다 많은 것을 필요로 했다. 그녀는 돈을 버는 방법을 한 가지만 알고 있었으며, 그리고 오로지 그를 위한 세심한 마음에서 그녀는 그가 주려고 했던 것에서 최소한만을 받았던 것이다. 이 모든 것을 격분한 젊은이는 헤아리지 못했고 자신이 기만당했다고 여겼다. 그렇게 그는 그녀에게 거친 말을 내뱉고는 자신이 보기에 너무나도 격정적인 상태에 있는 그녀를 영원히 떠났다. 이후 오래지 않아 그녀의 하인이 비탄 어린 눈물을 흘리며 찾아와 자신과 함께 갈 때까지 그를 놓아주지 않았다. 그는 거의 옷을 걸치지 않은 채 이미 어두워진 방에 있는 그녀를 발견했다. 그는 그 사랑하는 품에 안겼고, 그녀는 두 팔로 예전처럼 격렬하게 그를 자신의 품으로 끌어당겼지만 곧이어 그의 곁으로 쓰러졌다. 그는 깊이 신음하는 탄식 한 자락을 들었는데, 그것이 마지막이었다. 그러고 나서 자신을 살펴보니 피범벅이 되어 있었다. 너무나도 놀라 그는 벌떡 일어나서 도망치려 했다. 순간 단지 멈칫했던 것은 바닥에 있는 피 묻은 단도 옆에 놓인 긴 머리타래를 움켜쥐기 위해서였다. 치명적인 수많은 상처를 내기 바로 직전 그녀는 격앙된 절망의 발작의 순간에 이 머리타래를 잘랐던 것이다. 아마도 이를 통해 죽음과 타락에 자신을 희생양으로 봉헌할 생각이었을 것이다. 하인의 진술에 따르면 그녀는 그렇게 하면서 큰 목소리로 이렇게 말했다고 한다. "리제테는 죽어야 해, 이제 바로 사라져야 해. 그게 운명이야, 냉혹한 운명이라고."

이 놀라운 비극이 이 민감한 젊은이에게 남긴 인상은 지울 수 없는 것이었고, 그것은 그의 가책으로 인해 마음에 더 깊이 각인되었다. 리제테의 파멸에 따른 첫번째 결과는, 그가 그녀에 대한 기억을 열광적인 경의로 숭배했다는 것이다. 그녀의 고귀한 활력을 그는 예전에 자신을 옭아맸었던 여인의 하찮은 음모들과 비교했다. 그의 감정은 리제테가 더 도덕적이고 여성적이라고 단호하게 결론지었다. 왜냐하면 그 요부는 어떠한 속셈 없이는 크든 작든 결코 호의를 베풀지 않았기 때문이다. 하지만 리제테는 그녀와 비슷한 많은 다른 이들이 그러하듯, 세상 사람들로부터 존경과 경탄을 받았다. 이 때문에 그의 지성은 사람들이 여성적 미덕에 관해서 가지고 있는 모든 거짓된 견해와 모든 참된 견해에 격렬하게 반발하며 저항했다. 지금까지는 다만 무시하기만 했던 사회적 선입견을 이제는 대놓고 경멸하는 것이 그에게 원칙이 되었던 것이다. 자신의 유혹의 전리품이 될 뻔했던 그 어린 루이제를 생각하면서 그는 깜짝 놀랐다. 왜냐하면 리제테도 좋은 가문 출신이었고, 일찍 전락했으며, 유혹을 당했고, 낯선 곳에서 버림받았고, 마음을 돌이키기에는 너무나도 거만했으며, 다른 여성들이 마지막 경험을 통해서도 배우지 못하는 것을 첫번째 경험에서 배웠기 때문이다. 고통스러운 즐거움을 느끼며 그는 그녀의 젊은 시절 초반에 있었던 다수의 흥미로운 사실들을 수집했다. 그때만 해도 그녀는 경솔하기보다는 우울한 쪽이었지만, 마음 깊은 곳에는 대단한 열정이 타오르고 있었다. 사람들은 어린 소녀인데도 이미 나체화를 감상하고 있는 그녀를 목격했으며 혹은 다른 기회에도 그녀에게서 상당히 격렬한 관능이 특이하게 표출되는 것을 보았던 것이다.

여성의 성性에 있어서 율리우스가 가진 통상의 관념에서 벗어난 이 예외적 경우는 너무나 특이했으며, 그녀를 만나게 된 주변 환경은 그가 이 경험을 통해 여성에 관한 어떤 참된 견해에 도달하기에는 너무나 추저분했다. 오히려 그의 감정은 여성들과, 그리고 여성들이 분위기를 주도하는 사교모임들과의 관계를 거의 완전히 끊어버리도록 그를 내몰았다. 그는 자신의 열정이 두려웠다. 그래서 자신처럼 열광할 수 있는 젊은이들과의 우정에 온정신을 쏟았다. 이들에게 그는 제 마음을 바쳤다. 그에게는 오로지 그들만이 정말로 실제했고, 그 밖의 파렴치한 그림자 같은 무리들은 경멸하는 것이 즐거웠다. 그는 열정과 궤변으로 내적으로 분투했으며, 자기 친구들에 대해서, 그들의 다양한 장점과 자신에 대한 그들의 태도에 대해서 골똘히 생각했다. 자신의 생각과 자신과의 내적 대화에 열중했으며 자부심과 남성성에 도취되었다. 그의 친구들도 모두 고귀한 사랑에 불타올랐으며, 많은 훌륭한 능력이 개발되지 않은 채 잠들어 있었다. 그리고 가끔씩 그들은 투박하지만 적절한 말로 예술의 기적에 관해서, 삶의 가치에 관해서 그리고 미덕과 자족의 본질에 관해서 고상한 견해들을 털어놓았다. 남자들의 우정의 신성함에 관해서는 특히나 더 그랬는데, 이 우정을 율리우스는 자기 삶의 진정한 과제로 만들 생각이었다. 그는 친구들이 많았으며, 만족하지 않고 늘 새로운 관계를 만들어갔다. 흥미가 느껴지는 사람은 누구나 다 찾아냈으며, 그를 친구로 만들어 자신의 젊은이다운 집요함과 확신을 통해 다른 사람의 양보를 얻어낼 때까지 조금도 쉬지 않았다. 생각해볼 수 있는 점은, 자신에게는 원래 모든 것이 허용된다고 여기며 우스꽝스러움조차 개의치 않았던 율리우스는 일반적으로 통용되는 바와는 다른 종류의 어떤 예의바름을 염두에 두고 있었다는 사실이다.

그는 어느 한 친구에게서 받은 인상과 그와의 교제에서 숭고한 지성과 견고하게 형성된 성격에서나 볼 수 있는 여성적 관대함과 온유함 그 이상을 발견했다. 두번째 친구는 이 사악한 시대에 대한 고결한 불만을 그와 함께 불태우며 무엇인가 위대한 것을 수행하고 싶어했다. 세번째 친구의 다정다감한 정신은 아직은 예감들의 혼돈 상태였으나, 그는 모든 것에 대한 부드러운 감각을 지녔으며 이 세계를 직관적으로 지각했다. 다른 한 친구를 그는 삶을 가치 있게 사는 기술에 있어서 스승으로 숭배했다. 또다른 친구는 제자로 생각하여 그의 방탕한 생활에 당분간만이라도 동참하려 했는데, 이는 그를 완전히 파악해서 설득한 다음 저 자신의 기질만큼이나 심연 가까이에서 배회하고 있는 그의 훌륭한 기질을 구해내기 위해서였다.

그들은 진지하게 훌륭한 것들을 추구했다. 그럼에도 그것은 거창한 말들과 멋진 희망들로만 남겨졌다. 율리우스는 더 이상 나아가지 못했고 더 명민해지지도 못했다. 그는 아무것도 하지 않았고 아무것도 만들어내지 못했다. 그가 완수하고자 했고, 최초의 열광의 순간에는 이미 완성된 것처럼 보였던 모든 작품들에 관한 기획이 자신과 친구들에게 넘쳐났을 때보다 막상 자신의 예술을 더 소홀히 했던 적은 좀처럼 없었다. 여전히 그에게 남아 있는 냉철한 정신이 몇 차례 엄습하기라도 하면 그는 음악을 들으며 이를 억눌렀다. 음악은 그에게 동경과 비애로 가득찬 위험한, 끝 모를 심연이었으며 그는 그곳으로 기꺼이 자발적으로 가라앉고 있는 자신을 보았다.

이러한 내적인 동요는 유익할 수도 있었을 것이다. 그러면 절망으로부터 마침내 평온함과 안정감이 생겨나서 그가 저 자신을 확실히 알게 될 수도 있었을 테니까. 그렇지만 불만족의 분노는 그의 기억을 산산조각 내놓았고, 더구나 그는 자신의 자아 전반에 관한 최소한의 견해도 전혀 가지고 있지 않았다. 그는 목마른 입술로 매달려 있는 현재 속에서만 살았으며, 무시무시한 시간의 무한히 작은, 그러나 헤아릴 길 없는 매 순간 속으로 끝도 없이 침잠했다. 마치 이미 오래전부터 그가 찾고 있던 것이 이제 이 특정한 순간에 드디어 발견될 수 있다는 듯이. 이러한 불만족의 분노는 머지않아 친구들과의 사이도 소원하게 만들어 다투게 했다. 친구들 대부분은 상당히 뛰어난 자질을 갖추고 있음에도 그와 마찬가지로 하는 일 없이 빈둥거렸고 자기 자신과 불화를 겪고 있었다. 이 친구는 그를 이해하지 못하는 것 같았고, 저 친구는 그의 정신만을 경탄할 뿐 그의 마음에 대해서는 의구심을 표명하며 정말로 부당하게 굴었다. 그때 그는 자신의 가장 내밀한 명예가 손상되었다는 생각이 들었고, 은밀한 적의에 의해 갈기갈기 찢겼다고 느꼈다. 그는 두려움 없이 이러한 감정에 자신을 내맡겼다. 존경받아야 마땅한 사람들만이 증오의 대상이 될 수 있으며, 친구들만이 서로 다른 친구들의 가장 부드러운 감정을 그렇게 깊이 상처낼 수 있을 거라고 생각했기 때문이다. 한 녀석은 제 잘못으로 파멸의 길을 갔고, 다른 녀석은 심지어 평범한 삶을 살기 시작했다. 세번째 친구와는 관계가 틀어져서 거의 파탄이 나버렸다. 이러한 관계들은 완전히 정신적인 것이었고, 그렇게 또한 남았어야 했을 것이다. 하지만 너무 여렸던 탓에 그것은 가장 연약한 꽃과 함께 모두 상실될 수밖에 없었다. 한 사람이 다른 누군가에게 도움을 줄 기회가 생기자 그들은 관용과 감사의 경쟁에 빠져들었으며, 마침내 영혼의 가장 비밀스러운 깊은 곳에서 서로에게 세속적 요구를 하며 비교하기 시작했던 것이다.

곧 우연이, 오직 자의에 의해서만 열정적으로 묶여 있었던 것을 무자비하게 풀어버려놓았다. 율리우스는 언제, 어느 정도로 자신을 우연의 힘에 맡기고 싶어하는지가 그에게 얼마간은 달려 있다는 점에서만 오직 정신착란과 구별되는 어떤 상태에 점점 더 빠져들었다. 그렇긴 해도 겉으로 드러난 그의 태도는 모든 시민적 사회적 질서에 부합했다. 그리고 모든 고통의 혼돈이 그의 내면을 거칠게 찢어버리고, 정신의 질병이 점점 더 깊고 은밀하게 그의 심장을 갉아먹는 바로 지금에서야 사람들은 그를 분별 있다고 말하기 시작했다. 그것은 지성의 광란이라기보다는 감정의 광란이었다. 그리고 그 질병이 그만큼 더 위험했던 것은 겉으로는 그가 쾌활하고 유쾌하게 보였기 때문이다. 평상시 그의 기분은 그랬던 것이다. 그래서 사람들은 그를 심지어 편안하게 여겼다. 평상시보다 포도주를 많이 마셨을 때만 유독 그는 지나치게 슬퍼했고 눈물과 비탄에 잠겼다. 그렇지만 다른 사람들이 있으면 그는 노골적인 위트와 온갖 것을 향한 조롱을 쏟아냈다. 아니면 별스럽고 멍청한 사람들을 놀렸는데, 그런 이들과의 교제를 그는 이제 무엇보다도 좋아했다. 그는 그들을 최고로 기분좋게 할 수도 있었기에, 그들은 진심으로 마음을 털어놓으며 자신들의 본모습을 고스란히 보여주었다. 이러한 저속함이 그를 자극했고 즐겁게 했다. 사랑스러운 겸손함에서가 아니라, 그의 견해에 따르면, 그것은 어리석고 정신 나간 짓이었기 때문이다.

그는 자기 자신에 대해 전혀 생각하지 않았다. 다만 때때로 자신이 갑작스럽게 파멸할 것이라는 명징한 느낌이 그를 엄습했다. 후회의 감정을 그는 자부심으로 억눌렀고, 자살에 대한 생각들과 이미지들은 그가 젊은 시절 초반에 느꼈던 우울함에 빠져 있을 때에 이미 너무나도 친숙한 것이어서 그에게는 신선함의 자극을 상실해버렸다. 어떻게 해서든 그가 어떤 결정에 이를 수만 있다면, 그런 결정은 충분히 실행에 옮길 수 있었을 것이다. 그것이 그에게 별로 애쓸 가치가 없어 보였던 까닭은, 그가 현존재의 권태와 이 인생길 위에서의 운명에 관한 구토에서 벗어나려 하지 않았기 때문이다. 세상과 세상의 모든 것을 그는 경멸했고, 그리고 이를 자랑스러워했다.

이전의 모든 질병처럼 이 질병 역시 치유시키고 근절시킨 것은 어느 한 여인의 첫 눈길이었다. 그녀는 아주 독특했는데, 그의 정신을 처음으로 완전히 그리고 정통으로 사로잡았다. 지금까지 그의 열정은 단지 피상적이었거나 아니면 자신의 삶의 나머지 부분과 관련 없는 일시적 상태에 지나지 않았다. 이제 그를 사로잡은 것은, 그녀만이 유일하게 제대로 된 상대이며 이러한 인상은 영원하리라는 새롭고 낯선 감정이었다. 이미 첫번째 눈길이 결정적이었고, 두번째 눈길에서 이를 알아차렸으며, 그는 자신이 오랫동안 의식하지 못하고 기다려온 것이 이제야 왔으며, 정말로 와 있다고 스스로에게 말했다. 그는 놀라워했고 경악했다. 그녀에게서 사랑받고 그녀를 영원히 소유하는 것이 자신의 최고의 자산이 되리라고 생각한 만큼, 이와 동시에 이러한 최고의 유일한 소망은 영원히 실현될 수 없을 것처럼 느껴졌기 때문이다. 그녀는 신중하게 생각한 끝에 단념하기로 했다. 그녀의 남자친구가 율리우스의 친구이기도 했으며, 그 친구는 그녀의 사랑을 받기에 부족함 없이 살고 있었던 것이다. 율리우스는 그들의 절친한 친구였다. 그렇기에 자신을 불행하게 만드는 것이 무엇인지 그는 모두 정확히 알고 있었고 자신의 자격 없음에 대해서 엄격하게 판단을 내렸다. 이에 대해 그가 가진 열정의 힘은 모두 반기를 들었다. 희망과 행복을 그는 포기했지만, 그럴 가치가 있도록 자기 자신을 극복하기로 다짐했다. 그가 극도로 싫어했던 것은 의미 없는 말 한마디나 눈에 띄지 않는 한숨 한 자락이라 하더라도 이를 통해서 자신의 마음을 가득 채우고 있는 것이 조금이라도 드러난다는 생각이었다. 어떤 표현을 하더라도 확실히 우스꽝스러웠을 것이다. 그리고 그는 너무 충동적이었고 그녀는 너무 섬세했으며 그들의 관계는 너무 부드러웠기 때문에, 본의 아닌 것처럼 보이긴 하지만 사실은 알아주길 바랐던 그런 암시들 가운데 단 하나의 것도 계속해서 모든 상황을 복잡하게 만들어놓을 수밖에 없었을 것이다. 그런 탓에 그는 모든 사랑을 자신의 가장 깊은 내부로 억눌렀으며, 거기서 열정이 사납게 날뛰고 불타오르고 소진되도록 내버려두었다. 그렇지만 그의 겉모습은 완전히 변했다. 그리고 즐겁게 지내는 와중에 애정 관계로 빠져드는 것을 막고 싶어서 그가 받아들인 가장 순진한 무사태평함과 미숙함과 일종의 형제애적 엄격함을 잘 가장한 덕에, 그녀는 눈곱만큼의 의심도 품지 않았다. 행복한 생활 속에서 그녀는 쾌활하고 경쾌했다. 그녀는 아무것도 예측하지 않았고 그래서 아무것도 기피하지 않았다. 오히려 그가 기분이 안 좋아 보이면 그녀는 자신의 위트와 좋은 기분을 자유롭게 십분 발휘했다. 어쨌든 그녀의 인품에는 여성적 본성에 속할 기품 있고 우아한 자질뿐만 아니라 숭고함과 무례함도 깃들어 있었지만, 그 모두가 섬세하고 교양 있고 여성스러웠다. 각 개별 특성들은 자유롭고 힘차게, 마치 오로지 자기 자신만을 위해서 존재하는 듯 펼쳐져서 나타났다. 그럼에도 그렇게 서로 다른 것들의 풍성하고 과감한 혼성이 전체적으로 봤을 때는 혼란스럽지가 않았다. 왜냐하면 하나의 정신, 즉 조화와 사랑의 생기 넘치는 숨결이 생명을 불어넣었기 때문이다. 잘 훈련받은 연극배우처럼 그녀는 그 어떤 익살스럽고 어리석은 행동도 세련되고 장난스레 흉내낼 수 있는가 하면, 동시에 한 편의 고상한 시를 꾸밈없는 노래에서 느낄 수 있는 감동적인 품격으로 낭독할 수 있었다. 그녀는 때로는 사교모임에서 주목받으며 시시덕거리고 싶어했고, 때로는 완전히 감동에 휩싸였고, 때로는 충고와 행동을 통해 마치 인자한 어머니처럼 진지하고 겸손하고 친절하게 도움을 주기도 했다. 아주 사소한 사건도 그녀가 이야기를 하면 한 편의 아름다운 동화만큼이나 매력적으로 변했다. 그녀는 모든 것을 부드러움과 재치로 감쌌으며, 모든 것에 대한 감각을 지녔으며, 빚어내는 그녀의 손과 감미롭게 말하는 그녀의 입술을 거치면 모든 것이 고상해졌다. 아무리 좋고 훌륭한 것이라 할지라도 그녀가 관여하기에 너무 성스럽거나 너무 평범한 것은 없었다. 그녀는 모든 암시를 인지했으며 하지 않은 질문에도 답변했다. 그녀에게 설교를 하는 것은 가능하지 않았다. 저절로 대화가 되었고, 그리고 대화가 흥미진진해지는 동안 그녀의 섬세한 얼굴에는 재기발랄한 눈빛과 사랑스러운 표정의 음악이 끊임없이 새롭게 연주되었다. 그녀가 쓴 편지를 읽어보면 이런저런 구절에서 그러한 표현의 변화를 볼 수 있었는데, 대화를 하는 것처럼 상상했던 것을 그녀는 매우 명확하고 감동적인 글로 표현해냈다. 이런 측면에서만 그녀를 알았던 사람은 그녀가 상냥하기 그지없고, 연극배우가 된다면 사람들을 매혹시킬 것임에 틀림없고, 그녀의 명언들은 부드러운 포에지가 되기에는 단지 보격과 운율만이 부족할 뿐이라고 생각할 수 있었을 것이다. 하지만 바로 이 여인은 모든 중요한 기회마다 놀라울 정도의 용기와 강인함을 보여주었고, 이것은 또한 그녀가 인간의 가치를 판단하는 고결한 관점이기도 했다.

이 영혼의 이러한 훌륭함은 율리우스의 열정이 시작되었을 때 그를 가장 사로잡았던 그녀의 본질적 측면이었다. 이러한 면모가 그의 진지한 열정과 가장 잘 일치했기 때문이다.

그의 전존재는 이를테면 표면에서 내면을 향해 물러났다. 그는 대체로 내성적이 되었으며 사람들과의 교제를 피했던 것이다. 험준한 절벽은 그가 가장 좋아하는 동반자였으며, 쓸쓸한 바닷가 해안에서 제 생각에 골몰하며 깊이 사색에 잠겼다. 그리고 높이 솟은 전나무들에서 바람 부는 소리가 들려오면, 그는 저 아래 깊은 곳에서 강력한 파도의 물결이 연민과 동정심에서 자신에게 가까이 오려니 생각하며 멀리 있는 배들과 지는 해를 우울하게 바라보았다. 이 장소야말로 그가 가장 좋아하는 곳이었으며, 그의 기억 속에서 모든 고통과 결단의 성스러운 고향이 되었다.

이 기품 있는 여자친구에 대한 숭배는 정신적으로 새로운 세계의 확고한 중심점이자 토대가 되었다. 이제 모든 의혹은 사라졌으며, 이 실제적 자산에서 그는 삶의 소중함을 느꼈고 의지의 권능을 예감했다. 정말로 그는 강건한 어머니 대지의 싱그러운 초원 위에 서 있었으며, 새로운 하늘이 그의 머리 위로 헤아릴 길 없이 푸른 창공에 펼쳐졌다. 그는 자신의 내부에서 신성한 예술을 위한 고귀한 소명을 인식했으며, 자신이 교양 면에서 너무 뒤처져 있고 각고의 노력을 기울이기에는 너무나도 나약했던 자신의 나태함을 비난했다. 그는 쓸데없는 절망에 빠지도록 스스로를 내버려두지 않았고 그 성스러운 의무를 일깨우는 목소리를 따랐다. 소진된 삶이 아직 자신에게 남겨두었던 모든 수단을 이제 그는 강구하기 시작했다. 이전의 모든 속박을 끊어버리고 단번에 아주 독립적이 되었다. 자신의 활력과 젊음을 숭고한 예술적 작업과 열광에 바쳤다. 현시대를 잊고 과거 세계의 영웅들을 모범으로 삼아 스스로를 형성해나갔다. 그는 과거 세계의 폐허를 숭배할 정도로 사랑했던 것이다. 자기 자신에게조차도 현재란 없었다. 오직 미래 속에서만, 언젠가 자신의 미덕과 품격의 기념비가 될 영원한 작품을 완성하리라는 희망 속에서만 살았기 때문이다.

그는 그토록 고통스럽게 몇 년간을 살았다. 그래서인지 그를 본 사람은 그가 원래 나이보다 많아 보인다고 생각했다. 그가 만들어낸 것은 장대한 규모에 오래된 양식으로 고안된 것이었다. 하지만 그 엄숙함은 위협적이었고 형태들은 터무니없이 거대해져버렸으며, 고대의 고전주의가 그에게서는 하나의 딱딱한 양식이 되어버렸다. 그리고 그의 그림들은 철저함과 통찰력에도 경직되고 굳어 있었다. 칭찬할 점은 많았지만 유독 우아함이 부족했다. 이런 점에 있어서 그는 제 작품들과 닮아 있었던 것이다. 그의 기질적 특성은 신성한 사랑의 고통 속에서 순수하게 불타올랐고 밝은 활력 속에서 빛났지만, 그는 순금속처럼 유연성이 없고 경직되어 있었다. 그는 냉정함으로 인해 평온했다. 그리고 흥분했다 하더라도 그것은 고독한 자연 속에 펼쳐진 지대가 높은 황무지가 평상시보다 자신을 더 매혹하거나, 멀리 떨어져 있는 그 여자친구에게 자신의 성숙을 위한 분투와 모든 작업의 목적에 관한 충실한 보고서를 작성하거나, 아니면 다른 사람들이 있는 데서도 예술에 대한 열광이 엄습하여 오랜 침묵 끝에 가장 내밀한 마음 속에서 몇 마디 말이 터져나올 때에나 겨우 그랬을 뿐이다. 하지만 그런 일은 아주 드물게 일어났는데, 그는 자기 자신에 대해서만큼이나 다른 사람들에 대해서도 별로 관심이 없었기 때문이다. 다른 이들의 행복과 수고에 대해 그는 친절하게나마 미소 지을 수 있었고, 자신을 달갑잖게 무뚝뚝하게 여기는 것을 알아차리면 그들의 말을 그대로 믿었다.

그런데 어느 고귀한 여인이 그에게서 무엇인가를 알아차리고 유달리 그를 좋아하는 것 같았다. 그녀의 섬세한 정신과 부드러운 감수성이 그를 열렬히 사로잡았는데, 사랑스러우면서도 동시에 이상야릇한 매력적인 자태와 잠잠한 우울이 가득찬 눈동자 때문에 더더욱 그러했다. 하지만 더 진심으로 대하려 할 때마다 오래된 의구심과 익숙한 냉정함이 그를 사로잡았다. 빈번히 그녀를 보기는 했으나 자신의 감정을 결코 표현할 수 없었기에, 결국 이러한 감정의 흐름 또한 막연한 열광의 내면의 바다로 다시 흘러가버리고 말았다. 그의 마음의 지배자였던 그녀마저도 성스러운 어둠 속으로 물러나버렸고, 그래서 그녀 역시 그가 다시 만났으면 했다 하더라도 그를 멀리했을 것이다.

그에게 보다 온화하고 따스한 기분을 느끼게 한 유일한 것은 어느 다른 여인과의 교제였다. 그는 그녀를 누이처럼 존경하고 사랑했으며, 또한 전적으로 그렇게만 여겼다. 이미 오래 전부터 그는 그녀와 사교적 관계를 맺고 있었다. 그녀는 병약

했으며 그보다 약간 나이가 많았다. 하지만 명석하고 성숙한 지성, 단직하고 건강한 감각을 지녔으며, 낯선 이들이 보기에도 사랑스러울 만큼 단정했다. 그녀는 손대는 일마다 편안한 질서의 정신을 불어넣었고, 마치 저절로 그렇게 되는 것처럼 현재의 활동은 이전의 활동으로부터 점차로 전개되어 미래의 활동과 순조롭게 결부되었다. 이런 점을 지켜보면서 율리우스가 명확하게 파악한 것은, 일관성 외에 다른 덕목은 없다는 것이었다. 하지만 그녀의 일관성은 계산된 원칙이나 편견이 갖는 냉혹하고 경직된 일치성이 아니라, 자신의 영향력과 사랑의 범위를 겸손한 능력으로 확장하여 자기 자신 안에서 완성하고, 그리하여 주변 세계의 거친 사물들을 사교적인 삶의 안락한 자산과 도구로 만드는, 어머니 같은 마음이 지닌 불굴의 충실함이었다. 이와 동시에 그녀는 가정적인 여성이 보이는 어떤 편협함에도 익숙해져 있지 않았다. 그리고 깊은 관용과 진심 어린 온화함으로 사람들의 지배적인 의견들에 관해서, 흐름을 거슬러 사는 이들의 예외 상태와 방탕함에 관해서 이야기했다. 왜냐하면 그녀의 지성은 자신의 감정이 순수하고 거짓이 없는 만큼이나 현혹되지 않았기 때문이다. 그녀는 이야기하는 것을, 특히나 도덕적 주제에 관해서 말하는 것을 상당히 좋아했는데, 그럴 때면 종종 그 논쟁을 일반성의 영역으로 끌어와 다루었으며, 억지를 부린다 하더라도 거기에 뭔가 중요한 것이 담겨 있는 것 같거나 의미 있게 여겨지면 궤변 역시 마음에 들어했다. 그녀는 말을 아끼지 않았으며 그녀의 대화는 어떤 고지식한 원칙에 좌우되지도 않았다. 그것은 개개의 착상들과 일반적인 공감, 지속적인 환기와 갑작스러운 산만함으로 이루어진 하나의 매혹적인 혼돈이었다.

마침내 자연은 이 훌륭한 여인의 모성적 미덕에 보상을 해주었다. 그녀가 거의 기대를 접었을 무렵 새로운 삶의 싹이 그녀의 충직한 마음 아래서 자라났던 것이다. 이는 그녀에게 몹시 애착을 갖고 그녀의 가정적 행복에 아주 열성을 다해 관여하고 있던 그 젊은이를 생동하는 기쁨으로 충만케 했다. 그러나 오랫동안 잠잠히 있었던 무엇이 그의 내면에 있는 많은 것을 흔들어놓았다.

그가 행한 예술적 시도들 중 몇 가지가 그의 가슴속에서도 새로운 신념을 일깨웠으며 위대한 거장들에게서 받은 최초의 갈채가 그를 고무시켰다. 예술은 그를 볼 만한 새로운 곳들로, 쾌활한 낯선 사람들에게로 이끌었다. 그런 까닭에 그의 감정은 부드러워졌고 힘차게 넘쳐흘렀다. 얼음이 녹아 쪼개지고 물결이 새로운 활력을 얻어 오래된 물길을 따라 밀려나갈 때 생겨나는 한줄기 거대한 강물처럼.

그는 사람들과의 교제에서 다시 한번 자유분방함과 유쾌함을 느끼는 자신을 보며 놀라워했다. 그의 사고방식은 남성적이고 거칠었지만, 그의 가슴은 고독 속에서 다시금 어린아이 같아지고 부끄러움을 많이 타게 되었다. 그는 하나의 보금자리를 갈망했으며, 예술의 요구와 불화를 일으키지 않을 어떤 아름다운 결혼을 생각했다. 그러자 젊은 처녀들과 함께하는 자리에라도 있게 되면 그녀들 가운데 하나를 혹은 여럿을 가벼운 마음으로 사랑스럽다고 여겼다. 아내를 사랑할 수 없다 하더라도 즉각 결혼하고 싶다는 생각이 들었다. 왜냐하면 사랑이라는 개념과 사랑이라는 이름조차 그에게는 지극히 성스러운 것이었으며 아득히 멀리 있는 것이었기 때문이다. 그런 경우에 그는 자신의 순간적인 소망들이 외견상 보여주는 편협함을 비웃었고, 그 소망들이 순식간에 즉시 실현된다면 자신이 얼마나 셀 수 없이 많은 것을 여전히 아쉬워할지 감지했다. 어떤 갑작스러운 기회가 그에게 신선한 즐거움거리 하나를 제공했던 어느 때에는 아주 오랫동안의 절제 끝에 나타난 자신의 오래된 성급함을 크게 비웃었다. 시작해서 몇 분 안에 완성되어 끝나버리는 한 편의 소설을 읽어버리면 그의 마음은 적어도 약간의 변덕으로부터 자유로워지고 가벼워졌던 것이다.

상당히 교양 있는 한 소녀가 그를 마음에 들어했다. 그것은 그녀의 풍부한 감정이 드러나는 대화와 아름다운 정신에 그가 숨김없이 진심으로 경탄했고, 아첨하는 말도 하지 않으면서 다만 교제할 때의 태도를 통해 그녀에게 헌신적인 모습을 보여주었기 때문이다. 이는 그녀를 매우 기쁘게 했기에 그녀는 마지막 것을 제외하고는 그에게 점차로 모든 것을 허용했다. 그리고 이러한 제한마저도 그녀가 그에게 냉정한 탓이 아니라 신중함과 원칙에 따른 것이었다. 그녀는 상당히 민감했고 경솔한 성향이 강했으며, 매우 자유분방한 관계 속에서 살고 있었기 때문이다. 그것은 여성적 자부심이었고, 동물적이고 거칠다고 여기는 것에 대한 두려움이었다. 성사될 가능성이 없는 그런 애정 관계의 출발이 율리우스의 취향에는 별로 맞지 않았다. 그리고 전능한 자연의 창조력와 영향력, 자연의 영원한 법칙들, 모성의 고귀함과 위대함, 그리고 건강과 사랑의 충만함 속에서 삶의 열광이 사로잡은 남성의 아름다움 혹은 삶의 열광에 헌신하는 여성의 아름다움을 이 뒤틀리고 부자연스러운 존재에게서 생각하면, 그는 소녀의 하찮은 망상을 비웃을 수밖에 없었다. 그럼에도 그는 이런 기회에 부드럽고 섬세한 즐거움에 대한 감각을 자신이 아직 잃어버리지 않았음을 확인하는 것이 기뻤다.

하지만 곧 그는 이런저런 비슷한 사소한 일들은 잊었다. 아름다움을 자신처럼 열정적으로 숭배하고, 마찬가지로 고독과 자연을 사랑하는 것처럼 보이는 어느 젊은 예술가를 만났기 때문이다. 그녀의 풍경화에서 사람들은 대기가 정말로 생동하는 숨결을 확인하고 느꼈다. 그것은 언제나 하나의 완전한 경관이었던 것이다. 윤곽들은 너무 흐릿했는데, 더욱이 그런 방식으로 철저한 훈련의 결핍이 드러나기도 했다. 하지만 모든 양감量感이 함께 그 느낌을 자아내기 위한 하나의 통일된 전체와 어울렸는데, 이 통일성은 여기서 무엇인가 다른 것을 느끼는 것이 불가능할 정도로 너무나도 명확하고 분명했다. 그녀에게 회화는 일이나 예술이 아니라 다만 즐거움과 사랑에서 하는 것이었으며, 산책길에 어떤 풍경이 마음에 들거나 눈에 띄면 이 풍경을 시간과 기분에 따라 연필이나 수채물감으로 종이에 그렸다. 유화를 그리기에는 인내심과 근면함이 부족했는데, 어떤 얼굴이 굉장히 훌륭하여 그릴 가치가 있다고 생각할 때에만 간혹가다 초상화를 그렸다. 그러면 그녀는 정말 믿음직스러울 정도로 충실하고 세심하게 작업을 했으며 파스텔 색조를 매혹적인 부드러운 터치로 다룰 줄 알았다. 이러한 예술적 시도들의 가치가 매우 제한적이고 사소하다 할지라도, 율리우스는 그녀의 풍경화에서 볼 수 있는 아름다운 야생성과, 인간의 얼굴 특징들에 나타난 헤아릴 길 없는 다양성과 놀라운 조화를 파악해내는 그녀의 정신에 적지 않게 기뻐했다. 그리고 그 예술가 자신의 얼굴 특징도 수수하다고는 하나 보잘것없지 않았으며, 율리우스는 자신에게 항상 새롭게 각인된 어떤 굉장한 표정을 그것에서 찾아냈다.

루친데는 낭만적인 것에 대한 확고한 경향을 지니고 있었다. 이 새로운 닮은 점에 그는 당혹스러움을 느꼈으며 점점 더 많은 유사성을 발견했다. 그녀 역시 평범한 세계 속에서 살기보다는 스스로 생각해내고 스스로 만들어낸 독자적인 세계 속에서 살아가는 이들 가운데 하나였던 것이다. 그녀가 진정으로 사랑하고 존중하는 것만이 그녀에게는 실제로 진정한 현실이었으며, 다른 모든 것들은 아무런 의미가 없었다. 그리고 그녀는 무엇이 가치 있는 것인지 알고 있었다. 또한 그녀는 모든 고려사항과 모든 속박을 과감히 단호하게 끊어버리고 완전히 자유롭고 독립적으로 생활했다.

이 놀라운 유사점이 이 젊은이를 즉시 그녀에게 다가가게 했으며, 그는 그녀 역시 자신과 같은 생각을 한다는 것을 알아챘다. 그리하여 두 사람은 자신들이 서로에게 무관심한 것 같지는 않다는 사실을 알게 되었다. 그들이 알게 된 것은 얼마 전의 일이었고, 율리우스는 의미심장하지만 명확하지는 않은, 갈피를 잡을 수 없는 몇 마디 말이나 그저 건넸다. 그는 그녀의 운명과 이전의 삶에 대해 더 알기를 갈망했는데, 이에 관해 그녀는 다른 사람들에게 극도로 비밀스러웠다. 그녀가 엄청난 정신적 충격과 함께 털어놓은 사실은, 자신이 앞서 한 아름답고 강건한 소년의 어머니였으며 그 아이를 죽음이 곧바로 다시 빼앗아갔다는 것이었다. 그 역시 자신의 과거를 기억해냈고, 자신의 삶을 그녀에게 들려주면서 처음으로 그의 삶은 하나의 만들어진 이야기가 되었다. 그녀와 음악에 관해서 이야기를 나누었을 때, 그리고 이 낭만적 예술의 성스러운 마법에 관한 자신의 가장 내밀하고 고유한 생각들이 그녀의 입에서 흘러나오는 것을 들었을 때, 율리우스는 얼마나 기뻐했던가! 순수하고 강렬하게 가다듬어져서 깊고 부드러운 영혼 속에서 솟아나오는 그녀의 노랫가락을 들었을 때, 그녀의 노랫가락에 자신의 노랫가락으로 반주하며 그들의 목소리가 때로는 하나로 흘러들고 때로는 언어로 표현될 수 없는 가장 부드러운 질문과 대답을 주고받을 때, 그는 얼마나 기뻐했는가! 그는 저항할 수 없었고, 싱그러운 입술과 불타는 눈에 수줍은 입맞춤을 했다. 영원한 황홀감과 함께 그는 이 고귀한 형상의 성스러운 머리가 자신의 어깨에 기대는 것을 느꼈고, 검은 머리카락은 풍성한 가슴과 아름다운 등의 하얀 피부 위로 흘러내렸다. 낮은 목소리로 그는 말했다. "성스러운 여인이여!" 바로 그때 반갑지 않은 손님들이 예기치 않게 방으로 들어왔다.

이제 그녀는 그에게, 그의 견해로는 실제로 이미 모든 것을 허용했다. 그로서는 그토록 순수하고 고귀하다고 생각하는 어떤 관계에 섣부르게 개입할 수는 없었다. 그렇기는 하지만 그는 어떤 주저함도 견디기 어려웠다. 기껏해야 뭔가 다른 것으로의 이행이나 목적을 위한 수단으로나 생각하고 있는 것을 신에게서 바랄 것이 아니라, 모든 소망의 목적이 대체 무엇인지를 솔직하고 자신 있게 지체 없이 고백해야 한다고 그는 생각했다. 그래서 그 또한 그녀에게 연인에게 청할 수 있는 모든 것을 아주 천진난만하게 거침없이 청했다. 그리고 그녀가 너무 여성적이려고만 한다면 자신의 열정이 자신을 파괴할 것이라고 도도한 달변으로 그녀에게 역설했다. 그녀는 적지 않게 놀랐지만, 그가 자신에게 헌신하게 되면 이전보다 더 사랑스럽고 충실하게 되리라는 점은 확실히 예감했다. 그녀는 결정을 할 수 없었다. 그래서 운명이 좌우하도록 상황을 그냥 내버려두었다. 두 사람이 각자 혼자 지낸 지 불과 며칠이 지나지 않았을 때, 그녀는 그에게 영원히 자신을 내맡겼고 자신의 위대한 영혼의 깊이와 자기 안에 있는 모든 능력과 본성과 성스러움까지도 열어서 보여주었다. 그녀 또한 오랫동안 강요된 칩거 상태에서 지냈었다. 그랬기에 지금은 두 사람이 포옹하는 사이사이 쏟아내는 말들의 홍수 속에서 그사이 억눌러왔던 신뢰감과 들려줄 이야기들이 단번에 마음 가장 깊은 곳에서 터져나왔다. 하룻밤 동안 그들은 몇 번이고 번갈아가며 격하게 울고 크게 웃었다. 그들은 서로에게 스스로를 완전히 내어주며 하나가 되었으며, 그럼에도 각자는 전적으로 자기 자신이었으며, 이전의 자신의 존재 그 이상이었다. 그리하여 모든 표현마다 가장 심오한 감정과 가장 고유한 개성으로 가득찼다. 때로는 무한한 열정이 그들을 사로잡았고, 때로는 변덕을 부리며 서로 시시덕거리고 장난을 쳤다. 아모르는 여기서는 정말로, 흔하지 않은 일이기는 하지만 유쾌한 아이에 지나지 않았다.

그의 여자친구가 드러내 보여준 것을 통해서 이 젊은이에게 명확해진 사실은, 오직 여성만이 정말로 불행할 수 있고 정말로 행복할 수 있다는 것과, 사람들과 교제하는 가운데서도 자연적인 본성을 유지하고 있는 여성들만이 신들의 은총과 선물을 받아들이는 데 필요한 어린이다운 감각을 지니고 있다는 것이었다. 그는 자신이 발견한 아름다운 행복을 존중하는 법을 배워나갔다. 이 행복을 예전에 그가 완고한 우연으로부터 억지로 빼앗으려 했던 추하고 거짓된 행복과 견주어 보면, 이것들은 인공 장미와 생동하는 나뭇가지에 핀 자연스러운 장미만큼이나 차이가 났다. 하지만 밤의 황홀함 속에서도 낮의 기쁨 속에서도 그는 그것을 사랑이라 부르려 하지 않았다. 이 사랑은 나를 위한 것이 결코 아니라고, 나는 사랑에 어울리지 않는다고 얼마나 스스로를 설득했던가! 이러한 자기기만이 옳은 것임을 입증할 한 가지 차이점이 쉽사리 분명해졌다. 그의 판단은 이랬다. 즉 그는 그녀에 대한 격렬한 열정을 품고 영원히 그녀의 친구가 되는 것이다. 그녀가 그에게 선사한 것과 그에 대해 느끼는 것을 그는 다정함, 추억, 헌신 그리고 희망이라고 불렀다.

그러는 사이 시간은 흘러갔고 그들의 기쁨은 커져만 갔다. 율리우스는 루친데의 품속에서 자신의 젊음을 다시 발견했다. 그녀의 아름다운 몸매에서 느낄 수 있는 육감적인 풍만함은 그의 끓어오르는 사랑과 감각에는 싱그러운 젖가슴의 매력과 처녀 같은 육체의 매끄러움보다도 더 자극적이었다. 그녀의 포옹이 주는 황홀한 힘과 따뜻함은 소녀적인 것 이상이었다. 그녀는 오로지 어머니만이 보여줄 수 있는 열정과 깊이의 숨결을 지녔던 것이다. 부드러운 황혼의 마법 같은 빛 속에 잠긴 그녀를 볼 때면 그는 넘실거리는 윤곽을 부드럽게 어루만지는 것을 멈출 수 없었고 매끈한 피부의 부드러운 표피를 통해 더할 나위 없이 섬세한 생명의 따뜻한 흐름을 줄곧 느꼈다. 그러는 동안 그의 눈은 그림자의 움직임에 따라 다양하게 변모하는 것 같으면서도 항상 똑같은 하나의 빛깔로 남아 있는 색채에 흠뻑 취했다. 그것은 하나의 순수한 혼합이어서, 그 어디에도 하얀색 혹은 갈색 혹은 빨간색이 뚜렷한 대비를 이루거나 홀로 두드러져 보이지 않았다. 이 모든 것이

베일에 휩싸여 부드러운 생명의 유일하고 조화로운 광채로 녹아들었다. 율리우스 역시 아름다운 남성이었지만, 그의 체격에서 남성성은 확연하게 드러난 근육의 힘으로 나타나지는 않았다. 오히려 윤곽이 부드러웠고 손발은 통통하고 둥그스름했지만 어디에도 군살은 없었다. 밝은 빛 아래에서 보면 겉으로 드러난 체구는 어디나 떡 벌어진 중량감이 느껴졌고 매끈한 육체는 대리석처럼 단단하고 견고하게 보였다. 그리고 사랑의 행위에서도 단번에 그 다부진 몸매의 충만함이 오롯이 드러났다.

그들은 자신들의 청춘의 삶을 기뻐했다. 한 달이 하루처럼 지나갔으며 그렇게 이 년이 넘는 시간이 흘렀다. 이제 율리우스는 자신의 미숙함과 지성의 결핍이 얼마나 컸었는지를 비로소 점차로 깨닫게 되었다. 그는 사랑과 행복을 찾을 수 없는 곳에서도 어디에서나 그것을 추구했다. 그리고 이제는 최고의 것을 소유했다는 사실조차 전혀 알지 못했고 혹은 그것에 올바른 이름을 부여하려고도 하지 않았다. 이제 그가 인식하게 된 사실은, 여성의 영혼에게는 나눌 수 없는 완전히 단순한 감정인 사랑이 남성에게는 단지 열정과 우정과 쾌락이 번갈아 나타나는 혼합된 무엇에 지나지 않을 수 있다는 것이다. 그래서 그는 자신이 사랑하는 것처럼 바로 그렇게 영원히 사랑받을 것이라는 사실을 기쁨에 찬 놀라움으로 지켜보았다.

어쨌든 그의 삶에서 일어나는 저마다의 사건들은 어떤 특별한 결말을 통해 그에게 놀라움을 안겨주게 될 것이라고 미리 정해져 있는 것 같았다. 처음에 그의 마음을 몹시 끌어서 강력하게 사로잡았던 것은 무엇보다도 루친데가 자기와 비슷한, 아니 똑같은 감각과 정신을 지녔다는 깨달음이었다. 그리고 이제는 하루하루 새로운 차이점들을 발견할 수밖에 없었다. 물론 이러한 차이점들조차 다만 보다 깊은 동질성에서 기인했지만, 그녀의 특성이 더 풍요롭게 발전하면 할수록 그들의 교감은 더 다양해지고 내밀해져갔다. 그는 그녀의 독창성이 그녀의 사랑만큼이나 무궁무진하다는 것을 전에는 예감하지 못했다. 심지어 그녀의 외모는 그와 함께 있을 때면 더 젊어지고 생기발랄한 것 같았다. 그래서 그녀의 정신도 그의 정신과의 접촉으로 말미암아 활짝 피어나서 새로운 형태와 새로운 세계로 형성되어갔다. 그는 자신이 전에는 개별적으로 사랑했었던 모든 것을, 즉 감각의 아름다운 신선함, 매혹적인 열정, 겸손한 행위와 유순함 그리고 훌륭한 성격을 이제는 그녀 안에서 일치시켜 소유하고 있다고 믿었다. 모든 새로운 관계, 모든 새로운 견해가 두 사람에게는 공감과 조화를 이루기 위한 하나의 새로운 기관이었다. 서로에 대한 마음처럼 서로에 대한 믿음도 자라났고, 그리고 믿음과 함께 용기와 활력도 생겨났다.

그들은 예술에 대한 성향을 함께 공유했으며 율리우스는 몇 점의 작품을 완성했다. 그의 그림에는 생기가 돌았다. 생동감 넘치는 빛의 물결이 그 위로 쏟아지는 것 같았고 싱그러운 색채 속에서 진짜 살갗이 눈부시게 피어났다. 목욕하는 소녀들, 은밀한 즐거움으로 물속에 비친 제 모습을 들여다보는 젊은이, 혹은 사랑하는 아이를 팔에 안고 우아하게 미소 짓는 어머니가 그에게는 거의 언제나 붓질의 최고 대상이었다. 형태 자체는 예술적 아름다움의 인습적인 법칙들에 언제나 일치하지는 않았다. 하지만 나름의 고요한 우아함, 차분하고 쾌활한 생활과 그러한 생활의 즐거움에 대한 깊이 있는 표현은 눈에 호소하는 바가 있었다. 생기 넘치는 식물들도 신과 비슷한 인간의 형상을 한 것 같았다. 바로 이러한 사랑스러운 특징은 그가 지치지 않고 다채롭게 그린 포옹하는 장면들에서도 볼 수 있었다. 이 주제를 그는 가장 즐겨 그렸는데, 그의 화필이 가진 매력이 여기서 가장 아름답게 드러날 수 있었기 때문이다. 그런 그림들에서는 최고의 삶이 주는 일시적이고 비밀에 가득찬 순간이 정말로 은밀한 마법을 통해서 놀라움을 불러일으키고 영원히 지속될 것 같았다. 도취적인 분노에서 멀어질수록 주제를 다루는 방식은 더욱 간소하고 사랑스러웠으며, 감미로운 불꽃 한줄기가 젊은이들과 여성들을 관통하는 그 순간은 더욱 유혹적이었다.

그의 예술이 완성되어가고, 예전에는 어떠한 노력과 작업을 통해서도 성취할 수 없었던 것을 예술에서 저절로 이루어낸 것처럼 그의 삶도 그에게는 예술작품이 되었다. 어떻게 그렇게 되었는지 알아차리지도 못한 채. 빛이 그의 내부에서 생겨났다. 삶의 중심에 서 있었기 때문에 그는 삶의 모든 부분과 그 전체의 구조를 명확하고 올바르게 살펴보았고 내다보았다. 그는 이러한 통일성을 결코 잃어버릴 수 없다고 느꼈다. 현존재의 수수께끼는 풀렸고 그는 해답을 찾아냈던 것이다. 그리고 모든 것이 이를 위해 미리 정해져서 태초의 시간부터 그에게 마련되었던 것 같았다. 젊은 시절의 무분별함으로 인해서 사랑을 하기에는 너무나도 서툴렀다고 생각했었던 바로 그 사랑에서 그가 해답을 찾게 되리라고 말이다.

그들에게 시간은 아름다운 노래처럼 경쾌하고 리듬감 있게 흘러갔다. 그들은 교양 있는 생활을 영위했고 주변 환경도 조화로웠으며, 그들이 느끼는 소박한 행복은 우연의 특별한 선물이라기보다는 흔하지 않은 재능과도 같은 것이었다. 율리우스는 겉으로 드러나는 자신의 태도 또한 변화시켰다. 그는 보다 사교적이 되었고, 소수의 사람들과 더 친밀하게 지내기 위해 다수의 사람들을 심하게 배척하기는 했지만 그래도 더는 그렇게 엄격하게 사람들을 구별하지 않았으며, 점점 더 다방면에 흥미를 내보이며 평범한 것을 고상하게 만드는 법을 배웠다. 차츰차츰 그는 많은 탁월한 사람들을 자기 곁으로 끌어들였고, 루친데는 그들 모두를 결속시키고 그것을 유지해나갔다. 그래서 하나의 자유로운 사교모임이 탄생했는데, 오히려 하나의 대가족이라 할 수 있는 이 모임은 늘 스스로를 새롭게 구축해갔다. 모임에는 훌륭한 외국인들도 들어왔다. 율리우스와는 자주 이야기를 나누지 않았지만, 루친데는 그들과 즐겁게 담소를 나눌 줄 알았다. 더욱이 그녀의 그로테스크한 평범함과 세련된 저속함이 동시에 다른 이들을 흥겹게 만들어주었고, 조화로운 다양성과 변화무쌍함 속에 바로 그것의 아름다움이 존재하는 이 정신적인 음악회에는 정지상태도 불협화음도 존재하지 않았다. 사교술에서는 장대하고 근엄한 스타일 외에도 저마다 나름의 매력적인 장식음과 순간적으로 일어나는 기분도 한 자리씩 차지하는 것이 당연했다.

예사로운 다정함이 율리우스를 생동감 넘치게 만드는 것 같았다. 그것은 다수에 대한 유익하거나 동정 어린 호의가 아니라, 개개의 인간은 사라지겠지만 영원히 남을 인류의 아름다움에 관한 관조적 기쁨이며 자신과 타인의 가장 깊은 내면을 위해 약동하는 열린 감각이었다. 거의 항상 그는 아주 천진난만한 장난에나 더없이 성스러운 진지함에나 모두 똑같은 태도를 취했다. 그는 더는 친구들 사이에서의 우정만을 사랑하지 않고 그들 자체를 사랑했다. 영혼에 깃든 온갖 아름다운 예감과 암시를 비슷한 생각을 가진 이들과의 대화 속에서 세상에 드러내고 펼쳐놓고자 노력했다. 이제 그의 정신은 다양한 방향과 관계 속에서 채워지고 풍요로워졌다. 하지만 그 충만한 조화로움을 그는 이러한 측면에서도 유일하게 루친데의 영혼에서 발견했다. 그녀의 영혼 속에서는 모든 장려함과 모든 성스러움의 싹들이 가장 아름다운 종교로 피어나기 위해 오로지 그의 정신의 빛줄기만을 기다리고 있었던 것이다.

§

기쁜 마음으로 나는 우리 사랑의 봄날을 회상한다. 나는 모든 변화와 변이를 살펴보고, 그것들을 다시 한번 살아보고, 흘러가는 인생의 흐릿한 윤곽들 가운데 적어도 몇 개나마 붙잡아 하나의 영속적인 이미지로 만들고 싶다. 나의 마음이 아직은 한창 무르익은 더운 여름인 지금, 이 또한 지나가버려 그렇게 하기에는 너무 늦기 전에. 여기 있는 우리처럼 필멸의 존재들은 이 아름다운 지상의 가장 고귀한 산물일 뿐이다. 인간은 이를 너무나도 쉽사리 망각한다. 세계의 영원한 법칙들은 몹시도 거부하면서 인간은 제가 좋아하는 피상성은 정확히 그 중심에서 다시 찾으려 한다. 당신과 나는 그렇지 않다. 신들이 원하는 것과 그들이 아름다운 자연의 성스러운 문자로 매우 명확하게 암시해놓은 것에 대해 우리는 감사하며 만족스러워한다. 이러한 겸손한 마음은 모든 사물들의 자연스러운 숙명처럼 꽃이 피고 무르익고 시드는 것 또한 자신의 자연스러운 숙명임을 인식한다. 그러나 그 마음은 제 안에 한 가지는 불멸하다는 사실을 알고 있다. 이것은 항상 있다가도 언제라도 달아나버리는 영원한 젊음에 대한 영원한 동경이다. 아직도 다정한 비너스는 고귀한 아도니스의 죽음을 모든 아름다운 영혼 속에서 애도한다. 감미로운 갈망으로 그녀는 그 젊은이를 기다리고 찾고 있으며, 부드러운 비탄의 심정으로 연인의 멋진 눈동자를, 부드러운 이목구비를, 천진난만한 대화와 장난을 회상한다. 그러고 나서 다채로운 지상의 꽃들 가운데 지금 있는 자신을 또한 알아보고는 사랑스럽게 낯을 붉힌 채 눈물을 흘리며 미소 짓는다.

나는 당신에게 내가 말로는 이야기할 수 없는 것을 적어도 신성한 아름다운 상징들로나마 암시하려 한다. 왜냐하면 내가 과거에 대해서 골똘히 생각한다 하더라도, 명확한 현재 속에서 나의 기억들을 관조하기 위해서 그리고 당신 역시 그것을 관조하게 하기 위해서 나의 자아 속으로 뚫고 들어가려 애를 써도, 겉으로 표현될 수 없는 무엇인가가 항상 남아 있기 때문이다. 그것은 완전히 내적인 것이기에. 인간의 정신은 자기 자신의 프로테우스*이고, 변화하기 마련이며, 생각을 가다듬다보면 스스로를 해명하려 하지 않는다. 삶의 저 가장 깊은 중심에서 창조적 자의는 마술을 부린다. 거기에 시작과 끝이 있으며, 그곳으로 정신적 형성의 피륙을 직조한 모든 실가닥들이 사라진다. 시간 속에서 천천히 앞으로 나아가고 공간 속에서 넓게 펴지는 것만이, 현재 일어나고 있는 것만이 오직 역사의 대상인 것이다. 순간적인 생성이나 변화의 비밀을 사람들은 다만 짐작할 수 있거나 알레고리를 통해서 짐작되게 할 수 있을 뿐이다.

내가 꿈에서 보았던 네 개의 불멸의 소설들 중에서 가장 마음에 들었던 그 환상적인 소년이 가면을 가지고 노는 것은

* 변신술에 능했다는 바다의 신.

까닭 없이 괜히 그런 것이 아니었다. 순수한 묘사와 사실 같아 보이는 것 속에도 알레고리는 몰래 숨어들어가 있으며, 아름다운 진실 속으로 의미 있는 거짓이 섞여들어가 있다. 그렇지만 정신적 숨결로서의 알레고리만이 오직 만물들 위로 생기 있게 떠다니고 있다. 자신의 작품과 보이지 않게 유희하면서 그저 살며시 미소 짓는 위트처럼.

오래된 종교에는 시문학 작품들이 있다. 그것들은 거기에서조차 더할 나위 없이 아름답고 성스럽고 부드럽게 모습을 드러낸다. 포에지가 시문학 작품들을 너무나도 섬세하고 풍요롭게 만들어내고 변형시켰기에, 그것들의 아름다운 의미는 애매모호하게 남아 있어 언제나 새로운 해석과 형성을 허락한다. 사랑하는 마음의 변모에 관해서 예감하고 있는 것 중에서 얼마간을 당신에게 암시하기 위해서 이러한 시문학 작품들 중에서 내가 선택한 것은, 내가 알기로는, 사랑이 조화의 신을 하늘로부터 지상으로 데리고 와서 목동으로 만들어버리고 난 후 조화의 신이 뮤즈들에게 들려주었거나 아니면 그들로부터 듣게 되었을 것들이다. 내 생각으로는, 그때 암프리수스 강가에서 조화의 신 역시 목가와 비가를 지었던 것이다.

변모

달콤한 휴식 속에 어린아이 같은 정신이 잠들어 있고 사랑하는 여신의 입맞춤이 그에게서 가벼운 꿈들만을 불러일으킨다. 부끄러움의 장미가 뺨을 물들이자, 그는 미소 짓고 입술을 벌릴 듯하다. 그러나 그는 깨어나지 못하고 자신의 내부에서 무슨 일이 일어나고 있는지 알지 못한다. 바깥세상의 자극이 내부의 메아리를 통해 다양해지고 강화되어 그의 전존재를 여기저기 뚫고 지나간 후에야 비로소 그는 태양에 기뻐 환호하면서 눈을 뜨고, 창백한 달의 희미한 빛에서 보았던 그 마법의 세계를 이제 기억에 떠올린다. 그를 깨웠던 놀라운 목소리의 여운이 남아 있다. 하지만 그 목소리는 이제 그에게 대답하는 대신 외부의 사물들로부터 메아리쳐 울려퍼진다. 그리하여 미지의 것을 즐거운 호기심으로 찾으면서 어린아이처럼 부끄러워하며 현존재의 비밀로부터 도망치려고 애를 쓸 때면, 그는 어디에서나 자신이 품은 동경의 반향만을 들을 뿐이다.

그렇게 눈은 강물의 수면에서 거기에 비친 푸른 하늘, 초록빛 강가, 흔들리는 나무들과 자기 자신 속으로 침잠하는 관찰자 자신의 형상을 하염없이 바라본다. 의식하지 못하는 사랑으로 가득찬 마음이 사랑의 응답을 기대했던 곳에서 자기 자신을 발견하게 되면, 그 마음은 놀라움에 사로잡힌다. 하지만 곧 그 사람은 다시 관조의 마법에 의해 제 그림자를 사랑하도록 유혹당하고 기만당한다. 그러고 나서 우아함의 순간이 찾아왔고, 영혼은 자신의 껍질을 다시 한번 빛어내고 그것의 형상을 통해 마지막 완성의 숨결을 내쉰다. 정신은 자신의 맑은 심연 속에서 사라지고 나르키소스처럼 한 송이 꽃인 자신을 다시 발견한다.

사랑은 그러한 우아함보다 위대하다. 아름다움의 꽃은 열매도 맺지 못한 채 얼마나 빨리 시들어버릴 것인가. 응답하는 사랑의 상호보완적인 생성도 없이!

이 순간, 아모르와 프시케의 입맞춤은 삶의 장미와도 같다. 감동에 젖은 디오티마는 소크라테스에게 절반의 사랑만을 내보여주었다. 사랑은 무한에 대한 조용한 갈망에 불과한 것이 아니다. 사랑은 아름다운 현재의 성스러운 향유이기도 한 것이다. 사랑은 단순히 유한한 것과 무한한 것의 혼합체이거나 필멸에서 불멸로의 이행이 아니라 둘의 완전한 합일이다. 순수한 사랑은 존재한다. 그것은 쉼 없는 분투의 아주 미미한 방해도 없는, 나뉠 수 없는 소박한 감정이다. 한 사람이

다른 한 사람에게 그렇게 하듯 각자는 자신이 취하는 바로 그것을 건네고, 모든 것이 동일하고 전체이며 그것 자체로 완성되어 있다. 성스러운 아이들의 영원한 입맞춤처럼.

서로 다투는 형상들이 빚어내는 이 커다란 혼돈은 기쁨의 마법을 통해 망각의 조화로운 바다로 흘러들어간다. 행복의 빛줄기가 동경의 마지막 눈물에서 터져나오면, 이리스는 벌써 영원한 하늘의 이마를 자신의 알록달록한 무지개의 부드러운 색채로 장식한다. 사랑스러운 꿈들은 현실이 되고, 레테강의 물결에서 어떤 새로운 세계의 순수한 덩어리들이 아나디오메네*처럼 아름답게 솟아나 사라져버린 어둠을 대신해서 그것들 마디마디의 구조를 펼쳐 보인다. 황금빛 젊음과 순수함을 유지하며 시간과 인간은 자연의 신성한 평화 가운데 거닐고, 그리하여 오로라는 더 아름다운 모습으로 영원히 귀환한다.

증오가 아니라, 현자들이 말하는 것처럼 사랑이 존재하는 것들을 갈라놓으며 세계를 형성한다. 그리고 오로지 사랑의 빛 속에서 사람들은 이 세계를 발견하고 바라본다. 저마다의 나Ich는 자신의 너Du의 대답에서만 무한한 합일을 오롯이 느낄 수 있다. 그러고 나면 지성은 신성함의 내적 씨앗을 돋아나게 하려 하고, 목적을 향하여 점점 더 가까이 가도록 노력하며, 예술가가 유일하게 사랑하는 작품을 만들듯이 진지하

* 아프로디테의 별칭.

게 영혼을 빚는다. 형성의 신비 속에서 정신은 자의와 삶이 벌이는 유희와 그 법칙들을 바라본다. 피그말리온의 작품이 움직이기 시작하고, 놀란 예술가는 자신의 불멸성을 자각하며 기쁨의 전율에 사로잡힌다. 그리고 독수리가 가니메데스를 잡아챘듯이 신성한 소망이 강력한 날개에 그를 태워 올림포스로 낚아채간다.

두 통의 편지

I

그토록 자주 내가 고요 속에 잠겨 소망했던 것과 감히 표현하지 못했던 것이 정말 진실이고 사실일까?—나는 성스러운 기쁨의 빛이 당신의 얼굴에서 미소 짓는 것을 보고 있소. 그리고 겸손하게 당신은 내게 그 아름다운 약속을 건네는군요.

당신이 어머니가 될 거라니!

동경과 너, 조용한 탄식에게 작별을 고하노라. 세상은 다시 아름다우니 이제 나는 이 지상의 삶을 사랑하오. 새봄의 아침 노을이 나의 불멸의 현존재 위로 장밋빛깔 머리를 내밀고 있소. 내게 월계수가 있다면, 새로운 진지함과 새로운 활동을 위하여 당신을 축성하기 위해 그것을 당신 이마 위에 엮어놓으련만. 당신에게도 이제 다른 삶이 시작되고 있으니 말이오. 그 대신 당신은 내게 은매화관을 주시오. 지금 나는 자연의 천국에서 거닐고 있으니 젊어 보이도록 순수의 상징으로 장식하는 것이 내게 잘 어울릴 거요. 예전에 우리 사이에 있었던 것은 오직 사랑과 열정이었소. 지금은 자연이 우리를 더 내적으로 결합시켰소. 완전히 그리고 떼어놓을 수 없도록 말이오. 오직 자연만이 기쁨의 참된 여사제이며, 자연만이 결혼의 매듭을 묶을 수 있소. 축복이 담기지 않은 공허한 말을 통해서가 아니라 자연의 충만한 힘에서 나오는 싱그러운 꽃들과 싱싱한 열매들을 통해서 말이오. 새로운 형상들이 끊임없이 잇달아 교체되는 가운데 창조적인 시간은 영원의 화환을 엮어내고, 결실과 건강의 행운이 찾아온 인간은 거룩하오. 우리는 자연의 존재들 가운데 열매 맺지 못하는 꽃들이 아니며, 신들은 모든 작용하는 사물들의 커다랗게 이어진 사슬에서 우리를 제외시킬 리가 없으며 우리에게 분명한 신호들을 주고 있소. 그리하여 우리가 우리의 자리를 이 아름다운 세상에서 차지하도록, 정신과 자의가 만들어내는 불멸의 열매들도 거두도록, 그리하여 인류의 윤무에 발을 들여놓도록 한다오. 나는 이 지상에 정주할 것이며, 미래와 현재를 위해 씨 뿌리고 거둘 것이며, 낮이 지속되는 동안 온 힘을 다할 것이며, 그러고 나서 밤이 되면 내겐 영원히 신부가 될 어머니의 품에서 원기를 얻을 것이오. 진지한 장난꾸러기 우리 어린 아들은 우리 주위에서 뛰놀 테고, 당신의 뜻을 거스르며 갖은 장난거리를 나와 함께 공모하겠지.

§

당신 말이 맞소. 우리가 아예 이 작은 토지를 구입해야만 하겠소. 내 결정을 기다리지 않고 당신이 즉시 준비를 한 것은 잘한 일이오. 당신 마음에 들게 모든 것을 꾸미도록 하오. 부탁이 있다면 다만 너무 아름답지는 않게, 그렇다고 또 너무 실용적이지도 않게 했으면 좋겠소. 그리고 무엇보다 너무 일을 크게 벌이지는 말아주오.

모든 것을 전적으로 당신 고유의 취향에 따르기만 하면, 무엇이 무난하고 적절할지 당신이 아무것에도 휘둘리지만 않는다면, 그것은 그런대로 그리고 내가 바라던 대로 아주 좋을 것이오. 그렇게 되면 나는 이 훌륭한 자산에 무척이나 기뻐할 것이오. 내게 필요한 것은 무엇이든 지금까지 나는 아무 생각 없이, 그리고 소유하고 있다는 느낌도 없이 지니고 있었소. 분별없이 나는 이 지상에 살기는 했으나 여기에 마음 편히 정착하지는 못했소. 이제 결혼의 성스러움이 나에게 자연 상태에서의 시민권을 준 것이오. 더이상 나는 대수로울 것 없는 공허한 열광의 공간을 떠돌지 않소. 이 안락한 속박이 나는 마음에 들고, 유용한 것을 새로운 시각에서 바라보고 있소. 어떤 영원한 사랑을 그것의 대상과 결합시키는 모든 것, 간략히 말하자면 진실된 결혼생활에 기여하는 모든 것이 나는 진실로 유용하다고 생각하오. 외부의 사물들조차 그것들 나름의 방식으로 쓸모가 있다면 나에게 존경심을 불러일으킨다오. 그러니 당신은 결국 가정살림의 소중함과 가정적인 것의 위엄에 대한 기쁨에 넘쳐흐르는 찬사를 나에게서 듣게 될 것이오.

나는 이제 당신이 시골생활을 선호하는 것을 이해하오. 그런 당신 마음에 공감하며 당신과 마찬가지로 느끼고 있소. 나는 인류에게 있는 타락하고 병든 온갖 것을 지닌 이러한 형편없는 군상들을 더이상 보고 싶지 않소. 대체로 내가 그들을 머릿속에 떠올릴 때면 그들은 단 한 번도 마음껏 사납게 날뛰지 못한, 사슬에 매인 야생동물처럼 여겨진다오. 시골에서는 사람들이 서로 불쾌하게 아옹다옹하지 않고서도 평온하게 함께 지낼 수 있소. 모든 것이 그렇게 되기만 한다면, 시골에서는 아름다운 집들과 사랑스러운 오두막들이 싱그러운 식물과 꽃처럼 초록의 대지를 장식하고 신성의 위엄 있는 정원을 만들 수도 있을 것이오.

물론 시골에서도 우리는 어디에서나 두루 볼 수 있는 그 천박함을 다시금 발견하게 될 것이오. 원래 인간들 사이에는 단 두 개의 계층만 있었어야 했소. 형성하는 인간과 형성된 인간, 남성과 여성 이렇게. 그리고 모든 인위적인 사교모임 대신 이러한 두 계층 사이의 위대한 결혼이, 그리고 모든 개개인들의 보편적인 형제애가 있어야 마땅한 것이오. 이 대신에 우리는 수많은 야만성만을 목도하고 있소. 보잘것없는 예외가 있다면 그릇된 교육으로 인해 잘못된 소수의 사람들만 있을 뿐! 그렇지만 자유로운 공기 속에서는 아름답고 선한 개별적인 것은 사악한 대중과 그들이 휘두르는 전능의 허상으로 인해 짓밟힐 수 없을 것이오.

우리 사랑의 어떤 시기가 내게 특별히 아름답게 빛나는지 알고 있소?—나의 기억 속에서는 모든 것이 아름답고 순수하지만 우리의 첫 나날들도 우수 어린 황홀한 마음으로 생각한다오. 하지만 모든 소중한 것 가운데 그래도 내게 가장 소중한 것은 우리가 그 농장에서 함께 살았던 마지막 나날들이라오. 다시 시골에서 살아야 할 새로운 한 가지 이유라오!

한 가지 더. 포도나무의 가지치기를 너무 많이 하지 않았으면 하오. 이 말을 하는 이유는 단지 포도나무가 너무 손을 대지 않아서 무성하다고 당신이 여겼었기 때문이오. 당신은 그 작은 집이 사방에서 아주 정돈되어 보이게 하고 싶어할 테니까. 초록 잔디밭도 지금 있는 것처럼 그대로 두어야만 하오. 그 위에서 그 녀석이 이리저리 돌아다니고, 기어다니고, 뛰놀고, 뒹굴 테니 말이오.

§

나의 슬픈 편지가 당신에게 불러일으킨 그 고통에 대한 대가를 나는 완전히 치렀소. 그렇지 않소? 이 모든 장엄함의 한가운데서 그리고 희망의 황홀함 속에서 나는 더이상 나 자신을 걱정으로 괴롭힐 수 없다오. 나보다 당신이 더 고통받은 것은 아니오. 하지만 당신이 나를 사랑한다면, 정말로 사랑한다면, 아무것도 숨기지 않고 마음 저 깊숙이 정말로 사랑한다면 무엇이 문제겠소? 우리가 이를 통해서 우리의 사랑에 대한 보다 심오한, 보다 강렬한 통찰을 얻는다면 그 어떤 고통도 말할 가치가 있지 않겠소? 당신도 그런 생각일 거요. 내가 말하는 모든 것을 당신은 오래전부터 알고 있었소. 당신이라는 무한하고 행복한 존재의 그 어떤 깊은 곳에 이미 숨겨져 있을 법하지 않은 황홀함이나 사랑은 내겐 전혀 없다는 말이오!

오해라는 것도 좋은 것이오. 그렇게 해서 가장 신성한 것을 한번쯤 언급하게 될 테니. 가끔가다 우리 사이에 존재하는 듯한 그 낯설음이 우리 안에는 정작 없고, 우리 둘 중 누구에게도 없소. 그것은 오직 우리 사이에 그리고 표면상에 있을 뿐이오. 그리고 나는 이러한 기회에 당신이 그것을 완전히 털어버리길 바라오.

그리고 사랑하고 사랑받는 데 있어서 상호간의 불만족스러움에서 생겨나는 것이 아니라면 어디서 그러한 사소한 반감이 일어나겠소? 이러한 불만족 없이는 사랑도 없소. 우리는 파멸에 이를 때까지 함께 살고 사랑할 것이오. 그리고 우리를 비로소 참된, 완전한 인간으로 만드는 것이 사랑이며 사랑이 삶의 생명이라면, 사랑 또한 삶과 인간이 그렇듯이 갈등을 피해서는 안 되지 않겠소? 그렇기에 사랑의 평화 역시 대립되는 힘들의 투쟁에 뒤따라 찾아올 것이오.

당신처럼 그렇게 사랑할 수 있는 한 여인을 사랑해서 나는 행복하다오. 당신처럼 그렇게라는 말은 어떤 최상급보다 더 강력한 표현이오. 뜻하지 않게 당신 마음을 그토록 상하게 할 수 밖에 없었던 말들을 내가 내던졌을 때, 어떻게 당신이 내 말을 칭찬할 수 있겠소? 내가 말하고 싶은 것은, 가장 깊은 나의 마음속이 어떤지 당신에게 말할 수 있기 위해서는 나는 편지나 아주 잘 쓰는 수밖에 없다는 사실이오. 아, 내 사랑! 당신이 내게서 답을 얻지 못하는 어떠한 질문도 없다는 것만 믿어주오. 당신의 사랑은 나의 사랑보다 더 영원할 수 없소. 그러나 나의 상상력과 그것의 광포한 묘사에 대한 당신의 아름다운 질투심은 정말 기쁘오. 이는 당신이 얼마나 끝없이 충실한지를 잘 보여주는 것이겠지만, 당신의 질투심이 너무 지나친 나머지 스스로 파멸할 지경에 이르기까지 바라게 하는군.

이제 이런 종류의—지금까지 쓴 것 같은—상상은 더이상 필요하지 않소. 나는 곧 당신 곁에 있을 것이오. 나는 그 어느 때보다 경건하고 차분하오. 마음속에서 나는 당신을 그저 바라보며 늘 당신 앞에 서 있을 수 있소. 내가 말하지 않아도 당신은 모든 것을 느끼며 마음속으로는 절반은 사랑하는 남편에게, 절반은 아이에게 기쁘게 달아올라 있을 테니.

§

어떠한 기억도 내게서 당신의 신성함을 모독할 수 없고,

무염시태無染始胎의 성모마리아처럼 당신은 영원히 순수하며, 마돈나가 되기에는 아이 외에는 아무것도 부족한 것이 없다고 내가 당신에게 썼던 것을 기억하오?

이제 당신은 아이를 가졌소. 이제 아이가 생겼고 정말 생겼단 말이오. 머지않아 나는 그 아이를 팔에 안기도 하고, 동화를 들려주기도 하고, 매우 엄격하게 가르치기도 하고, 젊은이가 세상에서 어떻게 행동해야 하는지 좋은 가르침을 주기도 할 것이오.

그러고 나면 나의 마음은 다시 어머니에게로 돌아가서, 나는 당신에게 영원한 입맞춤을 하고, 당신의 가슴이 갈망하며 부풀어오르는 것을 지켜보고, 당신의 마음 아래에서 은밀하게 일어나는 동요를 느낄 것이오.

§

우리가 다시 같이 있게 된다면, 우리는 우리의 젊은 시절을 완전히 잊지 않으려고 해야 할 것이오. 그리고 나는 현재의 삶을 성스럽게 유지하려 하오. 당신이 정말 옳소. 한 시간 후라는 것은 아득히 오랜 후일 테니.

내가 바로 지금 당신 곁에 있을 수 없다는 것이 가혹하오! 나는 초조함 때문에 온갖 바보 같은 짓을 저지르고 있다오. 거의 아침부터 저녁까지 나는 이 아름다운 지역을 하릴없이 쏘다니고 있소. 해야 할 대단히 중요한 일이 있는 양 급히 서둘러 나서는데 결국엔 전혀 갈 생각이 없었던 어떤 곳에 이르고 만다오. 열띤 연설을 하는 것처럼 행동하기도 하고. 혼자 있다고 나는 생각하는데 갑자기 사람들 가운데 있기도 하니 말이오. 그제야 내가 얼마나 정신이 없었는지를 깨닫고 웃지 않을 수 없다오. 또한 나는 오랜 시간 글을 쓸 수가 없소. 이내 밖으로 다시 나가서 고요한 강가에서 아름다운 저녁을 꿈꾸며 시간을 보내려고만 한다오.

무엇보다도 오늘 나는 이 편지를 우편으로 보낼 때였다는 것도 잊어버렸소. 그 대가로 당신은 이제 훨씬 더 많은 혼란스러움과 기쁨을 얻겠구려.

§

사람들이 정말로 내게 잘 대해주고 있소. 내가 그다지 자주 대화에 참여도 하지 않으면서 갑자기 그들의 대화를 이상한 방식으로 중단시키는 것을 용서할 뿐만 아니라, 심지어 나의 기쁨을 은근히 진심으로 기뻐해주는 것 같거든. 특히 율리아네가 그렇소. 내가 당신에 대해 아주 조금 이야기했을 뿐인데도 그녀는 이런 일들에 상당한 감각을 갖고 있어서 나머지 것들을 다 알아채더군. 사랑에 대한 이런 순수하고 사심 없는 흡족함보다 더 정겨운 것은 없지 않겠소!

물론 나는 지금 이곳에 있는 나의 친구들이 별로 뛰어난 사람들이 아니라 하더라도 이들을 사랑할 거라고 믿소. 나의 본성에서 나는 커다란 변화를 느끼고 있다오. 그것은 지고의 삶의 순간에 뒤따르는 감각의 아름다운 피로처럼, 영혼과 정신의 모든 능력에 있어서 전반적인 부드러움과 감미로운 따뜻함을 느끼는 것이오.

그렇지만 그것은 유약함과는 전혀 다른 것이라오. 오히려 나의 소명과 관련된 모든 일을 지금부터는 더 큰 사랑과 새로운 활력으로 추진할 것임을 나는 알고 있소. 나는 남자들 사이에서 남성으로서 영향력을 발휘하고, 영웅과도 같은 삶을 시작하여 영위하고, 친구들과 형제애를 맺어 영원을 위하여 행동할 확신과 용기를 더이상은 느끼지 못했었던 것이오.

이것이 나의 미덕이오. 그러니 내게 어울리는 것은 신들과 비슷해지는 것이겠지. 당신의 미덕은, 자연과 마찬가지로 기쁨의 여사제로서 사랑의 비밀을 은근히 드러내고 훌륭한 아들들과 딸들 한가운데서 이 아름다운 삶을 성스러운 축제로 봉헌하는 것이라오.

§

이따금 나는 당신의 건강이 염려스럽소. 당신은 너무 얇게 옷을 입는데다 저녁 공기를 좋아하지 않소! 그것은 많은 다른 사람들과 마찬가지로 당신 역시 버려야 하는 위험한 습관이오.

사물들의 새로운 질서가 당신을 위해 시작되고 있다고 생각해보시오. 지금까지 나는 당신의 경솔함을 괜찮다고 생각했는데, 그것이 그때마다 적절했고 전체와 잘 들어맞았기 때문이오. 당신이 이 행복에 흥겨워하고, 결과를 헤아려 고려한 모든 것을 휴지조각으로 만들어버리고, 당신 삶이나 주변의 전체적인 균형을 망가뜨려버릴 수 있을 때마다 나는 그것을 여성스럽다고 여겼었소.

그렇지만 지금은 당신이 항상 고려하여 모든 일이 거기에 관련되어 돌아가게 해야 할 것이 있소. 이제 집안 살림을 꾸려나가는 것에 서서히 적응해야 한다오. 물론 알레고리적 의미에서.

§

이 편지에서는 정말이지 모든 것이 뒤죽박죽이로군. 마치 인생에 기도와 식사, 장난과 황홀함이 섞여 있는 것처럼. 그럼 잘 자요. 아, 왜 나는 꿈에서나마 당신 곁에 있을 수 없을까. 정말 당신과 함께 그리고 당신 안에서 꿈꾸면서 말이지! 당신에 관한 꿈을 꿀 때면 나는 항상 혼자이기 때문이오. 당신은 그렇게나 내 생각을 많이 한다는데 왜 당신은 내 꿈을 꾸지 않는지 알고 싶지 않소? 내 사랑! 당신마저도 자꾸 오래도록 내게 침묵을 지키는 것은 아니겠지요?

§

아말리에의 편지는 내게 커다란 기쁨을 안겨주었소. 그 알랑거리는 어조에서 물론 나는 그녀가 아부를 필요로 하는 남자들 가운데서 나는 제외시킨다는 것을 알겠더군. 나 역시 결코 바라는 바가 아니오. 그녀가 나의 소중함을 우리의 방식대로 인정해야만 한다고 요구하는 것은 부당한 일일 거요. 한 여인이 나를 완전히 안다는 것으로 충분하오!—이 여인은 제 방식대로 나의 가치를 정말로 잘 파악하고 있으니! 숭배가 어떤 의미인지 그녀가 과연 알기나 할까? 이 점이 나는 의심스럽고, 만약 알지 못한다면 그녀가 안타깝소. 당신도 그렇지 않겠소?

§

오늘 나는 두 연인에 관해 쓴 어느 프랑스어 책에서 다음과 같은 표현을 발견했소. "그들은 서로에게 우주였다."

거기 그렇게 생각 없이, 그냥 과장된 어법으로 쓰여 있는 것이 우리에게서는 말 그대로 실현되어버렸다는 사실이 얼마나 감동적이고 흐뭇하던지!

원래 그것은, 그런 종류의 프랑스적 열정의 경우에도 말 그대로 진실이기는 하오. 그들이 각자의 우주를 상대방에게서 발견하는 까닭은 그 밖의 다른 모든 것에 대한 감각을 상실하기 때문이라오.

우리는 그렇지 않소. 우리가 예전에 사랑했었던 모든 것을 우리는 지금 더 열렬히 사랑하고 있소. 세상에 대한 감각이 우리에게 비로소 정말로 열린 것이라오. 당신은 나를 통해서 인간 정신의 무한성을 알게 되었고, 나는 당신을 통해서 결혼 생활과 삶을, 그리고 모든 사물의 훌륭함을 파악하게 되었소.

모든 것이 내겐 생기가 넘치고 내게 말을 건네며, 모든 것이 성스럽기만 하오. 사람들이 우리처럼 서로 사랑한다면, 인간의 본성도 원래의 신성한 상태로 되돌아갈 거요. 감각적 쾌락은 연인들의 고독한 포옹 안에서 다시 한번 그것이 대체로 의미하는바, 즉 자연의 가장 성스러운 기적이 될 것이오. 그리고 연인들이 다른 사람들에게는 당연히 부끄러워해야 하는 것에 지나지 않는 무엇인가가 우리에게는 다시금 본래 그 자체인 것, 즉 가장 고귀한 생명력의 순수한 불길이 될 것이오.

§

우리 아이는 확실히 세 가지 것을 갖게 될 것이오. 상당한 방종함과 진지한 얼굴과 그리고 약간의 예술적 소질. 다른 모든 것들은 나는 조용히 체념하며 기다리겠소. 아들인지 딸인지, 그것에 대해서 나는 어떤 특정한 바람이 있을 수 없소. 하지만 교육에 관해서는 이미 말할 수 없이 많은 것을 생각했소. 즉 우리가 어떻게 아이를 모든 종류의 훈육으로부터 세심하게 보호하려는지 말이오. 어쩌면 세 명의 이성적인 아버지가 어떻게 하면 제 자식을 요람에서 곧바로 순수한 도덕성에 꼼짝 못하게 묶어놓을까 계획하고 준비하는 것 이상으로.

당신도 마음에 들어할 몇 개의 안을 만들었소. 그러면서 당신을 많이 염두에 두었다오. 다만 당신이 예술을 소홀히 해서는 안 되오! ―아이가 딸이라면, 아이를 위해서 초상화나 풍경화를 선택하는 것이 더 좋지 않겠소?

§

당신이 벌인 겉치레적인 일들로 얼마나 바보 같은 짓을 했는지! 내 주변이 어떤지, 내가 어디서, 언제, 어떻게 온갖 일을 하며 생활하고 지내는지 알고 싶소? 당신 주위를 한번 둘러보아요. 당신 옆에 놓인 의자 위에, 당신의 품에, 당신의 가슴에, 거기에 나는 살고 있고 거기에 나는 있소. 갈망의 빛줄기가 당신을 비추지 못하고 따뜻한 온기로 당신 가슴까지, 입맞춤이 넘쳐흐르는 그 입술까지 스며들지 않나요?

당신은 항상 진심 어린 마음으로 내게 편지를 쓰는데 나는 가끔가다나 그렇다는 걸 심지어 자랑까지 하고 있군. 잔소리꾼 같으니라고! 첫째로 나는 항상 당신을 생각하오. 당신이 나를 생각하며, 내가 당신 곁에서 걷고, 당신을 바라보고, 당신 말을 귀담아듣고, 당신에게 말하는 것을 묘사하는 것처럼 말이오. 하지만 그러고 나면, 특히 밤에 깼을 때면 나는 다른 방식으로도 당신을 생각한다오.

§

도대체 당신은 어떻게 당신이 쓴 편지들의 소중함과 훌륭함을 의심할 수 있단 말이오! 마지막으로 받은 편지가 밝은 두 눈동자로 쳐다보고 빛나고 있는데. 그것은 문자가 아니라 노래요.

내가 몇 달 동안 당신에게서 떨어져 있게 된다면, 당신의 문체가 완전히 잡히리라 생각하오. 그렇지만 내 생각에는, 우리가 문체와 글쓰기에 대한 문제는 이제 그냥 내버려두고 가장 훌륭하고 멋진 습작들을 더이상은 오래 방치하지 않는 것이 더 바람직할 것 같소. 그리고 나는 8일 후에 이미 돌아가기로 대략 결정을 내렸소.

II

인간이 자기 자신을 두려워하지 않는 것은 이상한 일이오. 낯선 사람들의 모임을 커다란 호기심을 보이면서도 매우 불안한 심정으로 들여다보는 어린아이들이 옳은 것이오. 영원한 시간의 개별적 원자는 각자 하나의 기쁨의 세계를 담고 있을 수 있지만, 고통과 공포의 헤아릴 길 없는 심연에도 열려 있을 수 있소. 어느 마법사가 짧은 순간 동안 수년간의 시간을 체험하게 해주었던 남자에 관한 오래된 동화를 나는 지금은 이해하오. 소름 끼치는 상상력의 전능함을 나 자신이 경험했기 때문이오.

당신 여동생의 마지막 편지를 받은 이래로—이제 3일이 되었소—나는 인간이 한평생 겪을 고통을 느꼈소. 피어나는 젊은 시절의 태양빛에서부터 백발 노년의 창백한 달빛에 이르기까지.

당신의 질병에 관해 그녀가 내게 써보낸 모든 상세한 상황을 내가 지난번에 의사로부터 들었고 직접 지켜봤던 바와 함께 놓고 봤을 때, 이 질병은 당신들이 알고 있는 것보다 훨씬 더 심각하다는, 사실은 더이상 위험한 것이 아니라 희망이 없다는 나의 생각을 확인시켜주었소. 이런 생각에 잠긴 채, 멀리 떨어진 곳에서 당신에게 달려갈 수 없다는 불가항력에 온몸의 힘이 빠진 채, 나의 상태는 정말이지 너무나도 절망적이었소. 당신의 건강상태에 관한 기쁜 소식을 듣고 다시 태어난 지금에서야 비로소 내가 어떤 상태였는지 잘 알 것 같소. 왜냐하면 이제 당신은 건강하고, 완전히 건강한 것이나 다름없으니까. 이는 며칠 전에 내가 우리 두 사람에 대해 죽음의 선고를 내렸을 때 가졌던 그 확신으로 모든 소식들을 듣고 미루어 내린 결론이오.

나는 이것이 아직 미래의 일이라든가 혹은 현재 일어나고 있는 일이라고는 전혀 생각하지 않았소. 모든 것은 지나가버렸소. 이미 오랜 시간 당신은 차가운 대지의 품 속에 덮여 있었고, 꽃들은 그 사랑하는 무덤에서 천천히 싹을 틔웠고, 그리고 나의 눈물은 이미 보다 부드럽게 흘러내리고 있었으니까. 아무 말도 하지 않고 외로이 서서 나는 내가 사랑했던 특징들과 표정이 풍부한 두 눈의 감미로운 섬광을 그저 바라볼 뿐이었소. 이러한 이미지는 내 앞에서 미동도 없이 머물렀고, 다만 이따금씩 마지막 미소를 머금고 마지막 단잠을 자는 당신의 창백한 얼굴이 조용히 이를 대신하거나, 아니면 갑작스럽게 잡다한 기억들이 흐트러지곤 했소. 그 윤곽들은 믿을 수 없을 정도로 빠르게 변해서 이전의 형상으로 되돌아갔고, 그리고 새롭게 변해버렸소. 나의 지나친 상상에서 모든 것이 사라져버릴 때까지. 오직 당신의 성스러운 두 눈동자만이 공허한 공간에 남아 움직이지 않고 거기 있었소. 마치 다정한 별들이 우리의 곤궁함 위에서 영원히 빛나고 있는 것처럼. 낯익은 미소로 슬픔의 밤으로 나를 손짓하는 검은 불빛들을 나는 꼼짝 않고 바라보았소. 즉시 어둠의 태양들에서 나온 날카로운 고통이 견디기 힘들 정도로 눈부시게 불타올랐고, 나를 유혹이라도 하려는 듯 곧 아름다운 광채가 떠오르며 흘러나왔소. 그러자 신선한 아침의 공기가 나에게 불어오는 것 같았소. 나는 머리를 높이 치켜들었는데, 내 안에서 어떤 목소리가 크게 외쳤소. "왜 너는 괴로워한단 말이냐? 조금 있으면 그녀와 함께 있을 수 있을 텐데."

나는 당신을 따라가려 벌써부터 서둘렀지만, 불현듯 어떤 새로운 생각이 나를 멈추게 했소. 나는 나의 마음에게 말했소. "자격 없는 자여, 너는 이러한 평범한 삶의 사소한 불화조차 견딜 수 없단 말이냐? 너는 정말로 보다 높은 삶을 영위할 준비가 되어 있고 그럴 자격이 있다고 생각하느냐? 가서 괴로워하고 너의 소명을 행하라. 그리하여 너의 사명들을 완수하면 다시 오라." 이 지상의 모든 것이 중용을 추구하고, 모든 것이 얼마나 질서정연하며, 얼마나 의미 없고 하찮은지 당신 또한 그런 생각이 들지 않소? 내겐 항상 그랬던 것 같소. 그런 까닭에 나는—내가 착각하지 않았다면, 이러한 추측을 나는 당신에게 이미 한번 말한 적이 있었소—우리의 다음번 생은 더 위대하고, 좋은 일에서나 나쁜 일에서나 더 강건하며, 더 거칠고, 더 과감하고, 더 굉장할 것이라고 짐작하오.

의무를 행하며 사는 것이 승리를 거두었소. 그리고 다시금 나는 삶과 인간들의 혼돈 속에, 그들과 나의 무기력한 행위들과 헛점투성이의 작품들의 혼돈 속에 있게 되었소. 어느 필멸의 존재가 광대한 빙하 한가운데 혼자 있는 자신을 갑자기 발견했을 때처럼, 그때 경악스러움이 나를 엄습했소. 모든 것이 내겐 차갑고 낯설었고 눈물마저도 얼어붙었소.

기이한 세상들이 나의 불안한 꿈에 나타났다가 사라졌소. 나는 아팠고 많이 고통에 시달렸다오. 하지만 나는 나의 질병을 사랑했고 심지어 고통을 환영하기까지 했소. 나는 지상의 모든 것을 증오했고, 그것들이 처벌받고 파멸되길 반겼소. 나는 너무나 외롭고 기묘하다는 느낌이 들었소. 그리고 마치 어느 부드러운 성품의 소유자가 행복의 품 한가운데서 저 자신의 기쁨에 대해 가끔 우울해하는 것처럼, 그리고 인생무상의 느낌이 바로 삶의 정상에서 우리를 엄습하는 것처럼, 그렇게 나는 은밀한 즐거움으로 나의 고통을 바라보았소. 고통은 내겐 보편적 삶의 상징이 되어버렸다오. 나는 만물을 생겨나게 하고 존재하게 하는 그 영원한 불화를 느끼고 있으며 보고 있다고 생각했소. 그리고 고요한 창조적 형성의 그 아름다운 형상들이 내겐 죽어 있고 하찮은 것처럼 보였소. 무한한 힘에서부터, 무한한 투쟁과 전투에서부터 시작해서 현존재의 가장 깊이 숨겨진 지점에 이르는 이 가공할 만한 세계에 비하면.

이러한 기이한 느낌을 통해서 나의 질병은 그것 자체로 완전하고 완성된 하나의 고유한 세계가 되었소. 그 세계의 비밀에 가득찬 삶은, 실제로 꿈을 꾸면서 내 주위를 돌아다니는 몽유병자들의 정상적인 건강함보다 더 풍성하고 심오하다고 나는 느꼈소. 그러니까 전혀 불쾌하지 않았던 병약함과 함께 이러한 느낌 또한 내겐 있었던 것이고, 그리고 그 느낌은 나를 인간들로부터 완전히 떼어놓았소. 마치 당신의 존재와 나의 사랑이 너무나도 성스러웠던 나머지 그것의 성긴 유대로부터 재빨리 달아나지 못했다는 생각이 이 지상으로부터 나를 갈라놓았던 것처럼. 모든 것이 이렇게 되는 것이 좋은 것처럼 보였고, 당신의 운명적인 죽음은 가벼운 단잠 후의 부드러운 깨어남에 지나지 않는 것 같았소.

어떤 청량한 순수함과 보편적 특성을 띠며 점점 더 변모해

가는 당신의 모습을 바라볼 때면 나 역시 내가 깨어 있다고 생각했소. 진지하지만 매력적이면서, 정말 당신인데 더이상 당신이 아닌, 그 신성한 형상은 놀라운 광채에 둘러싸여 있었소. 때로 그것은 눈에 보이는 전능함의 무시무시한 빛줄기 같았고, 때로는 황금빛 유년기의 다정스러운 미광微光이었소. 나의 정신은 그 차디찬, 순수한 열기의 원천으로부터 오래도록 차분히 들이마시며 은밀히 취했고, 그리고 이 성스러운 도취 상태에서 나는 독특한 성질의 정신적 위엄을 느꼈소. 왜냐하면 실제로 내겐 온갖 세속적인 생각들이 너무나 낯설었고 내가 죽음에 내맡겨졌다는 느낌을 단 한 번도 떨쳐버리지 못했기 때문이오.

시간은 천천히 흘러갔소. 그러는 가운데 할 일이 하나씩 하나씩 힘들게 이어졌고, 하나의 작업이 그러고 나서는 다시 다른 작업이 각각의 목표를 이루었소. 내가 그런 일들과 작업들을 받아들였던 이유가 단지 그것들이 요구하는 바를 위해서는 아니었던 것처럼 그 목표는 나의 목표가 아니었소. 내게 그것들은 단지 성스러운 상징들이었소. 이 모든 것은 나의 조각난 자아와 나눌 수 없는 영원한 인류 사이의 중재자인 그 단 한 명의 연인과 관련되어 있었소. 나의 현존은 모두 고독한 사랑의 부단한 예배였던 것이오.

마침내 나는 이제 마지막이라는 것을 알게 되었소. 나의 이마는 더이상 매끄럽지 않았고 나의 머리카락은 하얗게 세어버렸다오. 나의 생애는 끝났지만 아직 완성되지는 않았소.

삶에서 최상의 기력은 쇠해버렸는데 여전히 예술과 미덕은 영원히 도달할 수 없는 상태로 내 앞에 있었소. 이 두 가지를 내가 당신에게서, 그리고 내게서는 당신과 당신의 온화한 신성함을 알아보고 숭배하지 못했더라면, 성스러운 마돈나여! 나는 절망했을 것이오.

저기 당신이 의미심장하게 나타나 내게 죽음의 손짓을 하는군요. 이미 당신을 향한 그리고 자유를 향한 진정한 갈망이 나를 사로잡아버렸소. 당신이 회복되리라는 약속과 확신을 통해 내가 다시금 삶으로 부름받았을 때, 나는 사랑하는 오래된 고국을 갈망했으며 여행의 먼지를 내게서 털어내려고 했었던 것이오.

이제야 나는 나의 백일몽을 알아챘고, 모든 중요한 관계와 유사성에 대해 놀라워하며 이러한 내적 진실의 비가시적 심연의 가장자리에 불안하게 서 있었소.

이것을 통해 가장 명확해진 것이 무엇인지 알겠소?—우선, 나는 당신을 숭배한다는 것과 이렇게 하는 것이 좋다는 것이오. 우리 두 사람은 하나요. 그리고 사람이 인간이 되고 완전히 자기 자신이 되는 것은 오직 인간이 자신을 전체의 중심이자 세계의 정신으로서 관조하고 무엇인가를 창작하는 경우뿐이라오. 하지만 왜 하필이면 창작인가? 모든 것의 씨앗을 우리는 우리 내부에서 발견하지만 정작 우리는 우리 자신의 한 조각으로만 영원히 남아 있기 때문이오.

그러고 나니 이제 나는 죽음 또한 아름답고 감미롭게 느껴질 수 있다는 것을 알겠소. 자유롭게 형성된 존재는 모든 힘들의 충만함 속에서 자신의 소멸과 자유를 평온한 사랑의 마음으로 갈망할 수 있다는 것을, 그리고 귀환의 생각을 마치 희망찬 아침 태양처럼 기쁘게 관조할 수 있다는 것을 나는 깨닫고 있소.

성찰

내가 간혹 이상하게 여겼던 것은 분별력이 있고 품위 있는 사람들이 영원히 순환하는 이 하찮은 유희를 결코 지칠 줄 모르는 근면함으로, 상당히 진지한 태도로 늘 새롭게 반복할 수 있다는 사실이다. 그러나 모든 유희 중에서 가장 오래된 것이라 할지라도 그것은 분명 유용하지도 어떤 목적에 근접하지도 못한다.

그러자 나의 정신은 어떤 일에서나 생각이 많고 대체로 간계를 부리고 재치 있게 말만 하는 대신 즉각 재치 있게 행동하는 자연이, 교양 있는 연설가들은 무명으로나 언급하는 저 순진한 암시들에서 대체 무엇을 의도하고 있는지 물었다.

그리고 이 무명성 자체는 이중의 의미를 지닌다. 사람들이 더 부끄러워하고 더 현대적이 될수록, 이 무명성을 뻔뻔스러움과 관련지어 해석하는 것이 점점 더 유행한다. 이와는 달리 오래된 신들에게는 모든 생명이 어떤 특정한 고전적 위엄을 지니는데, 심지어는 생명을 소생시키는 부끄러운 줄 모르는 영웅적 기술도 갖고 있다. 그러한 결과물들의 가짓수와 거기서 드러나는 독창성의 정도가 신화의 왕국에서는 그것들의 서열과 고귀함을 결정한다.

이런 가짓수와 이런 독창성이 훌륭하기는 하지만 최상은 아니다. 도대체 그 열망하는 이상은 어디에 숨어서 잠자고 있는 것일까? 혹은 그 노력하는 마음은 모든 공연예술 중 최고의 예술에서 다른 매너리즘적 양식들만 끝없이 발견할 뿐 하나의 완성된 양식은 도저히 발견하지 못하는가?

사유가 가진 특징은, 끝없이 그것에 관해 생각할 수 있는 것을 저 자신 다음으로 가장 즐겨 생각하는 대상으로 삼는다는 점이다. 그런 까닭에 교양 있고 사려 깊은 인간의 삶은 자신에게 주어진 사명의 아름다운 수수께끼에 관한 부단한 수양과 명상을 의미한다. 그는 자신의 사명을 항상 새롭게 규정한다. 왜냐하면 규정되는 것과 규정하는 것, 그것이 바로 제 사명의 전부이기 때문이다. 오로지 이러한 추구 자체에서만 인간의 정신은 자신이 추구하는 비밀을 발견한다.

그런데 규정하는 것 혹은 규정되는 것 자체는 대체 무엇인가? 남성에게 그것은 이름이 없다. 그렇다면 여성에게는 무엇이 이름 없는 것일까?—규정되지 않은 것이다.

규정되지 않은 것이 더 신비스럽기는 하지만 규정된 것은 더 많은 마력을 지니고 있다. 규정되지 않은 것의 매력적인 혼돈이 더 낭만적이기는 하지만 규정된 것의 숭고한 형성은 더 독창적이다. 규정되지 않은 것의 아름다움은 꽃들의 생명처럼, 유한한 감정의 영원한 청춘처럼 허무하다. 규정된 것의 에너지는 진짜 뇌우와 진짜 열광처럼 일시적이다.

무한한 가치를 지닌 두 가지를 그 누가 측정할 수 있으며, 그 누가 비교할 수 있을까? 만일 이 두 가지가 개별적인 남성과 여성과 무한한 인류 사이에 존재하는 모든 빈틈을 채우고 중재자가 되도록 결정된 실제적 숙명에 있어서는 서로 결부되어 있다면 말이다.

규정된 것과 규정되지 않은 것과 그것들의 규정된 관계들과 규정되지 않은 관계들의 전체적인 충만함. 이것은 하나이자 전체이며, 이것은 가장 놀라운 것이지만 가장 소박한 것이고, 가장 소박하지만 지고의 것이다. 우주 자체는 규정된 것과 규정되지 않은 것의 유희 장치에 불과할 뿐이며, 규정할 수 있는 것을 실제로 규정한다는 것은 영원히 흘러가는 창조가 만들어내는 삶과 직조에 대한 하나의 알레고리적 미니어처다.

영원히 변하지 않는 대칭을 이루며 이 두 가지는 서로 대립된 길에서 무한에 다가가고자 그리고 무한에서 벗어나고자 노력한다. 차분하지만 확실한 진보의 발걸음을 내디디며, 규정되지 않은 것은 자신이 본래적으로 지니고 있는 희망을 유한성의 아름다운 중심에서 무한으로 확장한다. 이와는 반대로 이미 완전히 규정된 것은 무한한 욕망이라는 축복받은 꿈에서 과감하게 도약함으로써 유한한 행위의 한계 속으로 뛰어들어, 자기 자신을 정련하면서 너그러운 자기절제와 아름다운 자기충족을 끊임없이 증대시킨다.

이러한 대칭 속에서도 믿기 힘든 유머가 드러나는데, 이 유머와 함께 자연은 일관성 있게 자신의 가장 일반적이고 단순한 반명제를 수행한다. 가장 장식적이고 인공적인 조직에서조차 그 커다란 전체의 이런 우스꽝스러운 첨각尖角들이 한 점의 작은 초상화처럼 장난기 어린 의미와 함께 나타나서 모든 개별성에 최종적 형태를 부여하고 완성을 이루게 하는데, 이 개별성이란 오로지 이 신랄한 첨각들과 이것들이 벌이는 유희의 진지함을 통해서만 생겨나서 유지되는 것이다.

이 개별성과 저 알레고리를 통해서 위트 있는 감각성의 그 화려한 이상이 절대를 향한 노력의 과정에서 피어난다.

이제 모든 것이 명확하다! 이런 까닭에 이름 없이 알려지지 않은 이 신성함의 편재가 있는 것이다. 자연 자체는 항상 새로운 시도들의 영원한 순환을 원한다. 그리고 자연은 또한 각 개별적 존재가 자기 안에서 완성되어 유일하고 새롭기를 원한다. 이것이 최고의, 나뉠 수 없는 개별성의 충실한 이미지인 것이다.

이 개별성 속으로 깊이 침잠한 채 성찰은, 이제 곧바로 멈추어 자기 자신을 망각하기 시작하는 그런 개별적 방향을 취했다.

§

"대체 이러한 암시들이 내게 무슨 의미가 있지요? 이것들은 감각의 경계도 아니고 감각의 중심에까지 가서 도무지 이해하지 못하는 지성과 함께 유희한다기보다는 오히려 부조리하게 충돌하고 있는데 말이죠."

당신이나 율리아네가 이런 말은 하지 않겠지만서도 틀림없이 물어는 볼 것 같소.

사랑하는 이여! 모름지기 풍성한 꽃다발이란 그저 얌전한 장미꽃들, 조용한 물망초들, 겸손한 제비꽃들, 그리고 그 밖에 소녀나 어린아이처럼 피어나는 꽃들이나 보여주어야 하는 걸까, 아니면 다채로운 찬란함 속에서 특이하게 빛나는 다른 모든 꽃들은 보여주어서는 안 되는 것일까?

남성들의 미숙함은 다양성의 속성을 갖기에 온갖 종류의 꽃들과 열매들로 풍부하오. 내가 이름을 지어주지 않으려는 그 멋진 식물에게도 그것의 자리를 마련해주시오. 그 식물은 적어도 밝게 불타는 석류나무와 밝은 오렌지나무를 돋보이게는 할 것이오. 아니면 이러한 다채로운 충만함 대신 나머지 것들의 아름다움을 모두 결합하여 그것들의 현존을 불필요하게 만드는 완벽한 한 송이 꽃이라도 있어야 할까?

창작물에 대한 소재를 빈번히, 마지못해서는 아니지만 남성적 영감에서 차용하는 그 서투름이 낳은 예술작품들에 대한 당신의 객관적 감각을 전적으로 믿고, 차라리 내가 즉각 다시 한번 해보려는 것에 대해서는 변명하지 않겠소.

이것은 우정에 관한 부드러운 푸리오소 악장 하나와 영리한 아다지오 악장 하나로 이루어져 있소. 거기에서 당신은 다양한 것들을 배울 수 있게 될 것이오. 즉 당신들 여성들이 사랑하는 방법을 아는 것처럼, 어떻게 남성들은 상당히 우아하게 증오하는 방법을 터득하는지, 그러고 나서 한바탕 언쟁이 끝나면 그것을 어떻게 차이로 바꾸는지, 그리고 당신은 이에 대해 당신 좋을 대로 많은 논평을 내놓아도 괜찮다는 것을.

율리우스가 안토니오에게

I

자네는 최근에 많이 변했다네! 조심하게나, 벗이여, 위대함에 대한 감각을 잃지 않도록. 이를 자네가 깨닫게 되기 전에 말이야. 그것의 결과는 무엇일까? 자네는 결국 너무나도 상냥하고 세련되어져서 마음과 감정이 다 소모되고 말 것이네. 그렇게 되면 남성성과 행동력은 어디에 남아 있을까? 우리가 더는 함께 지내지 않고 각자 살게 된 후부터 자네가 나를 대하는 것처럼 나는 자네를 대하게 되겠지. 난 자네를 서먹하게 대할 수밖에 없을 테고, 저 친구가 아름다운 모든 것에 감각이 있다 하더라도 우정에 대한 그 한 가지 감각만큼은 부족하다고 말하게 되겠지. 그렇다고 하더라도 나는 결코 그 친구와 그의 행동거지를 도덕적으로 비난하지는 않을걸세. 그렇게 할 수 있는 사람은 친구를 갖는 흔치 않은 고귀한 행운을 누릴 자격이 없으니까.

무엇보다도 자네가 자네 스스로를 망치고 있는 것이 이 상황을 더 어렵게 만들고 있다네. 내게 진지하게 말해보게. 자네는 사람을 기진맥진하게 하고 삶의 건강한 골수나 파먹는 감정의 차가운 예민함에서, 마음의 기술 훈련에서 미덕을 찾고 있는 건가?

이미 오랫동안 나는 순응하면서 평온하게 지냈다네. 자네가 많은 것을 알고 있기에 우리의 우정을 끝장내버린 원인도 알고 있을 거라고 조금도 의심하지 않았다네. 아무래도 내가 잘못 생각했던 것 같아. 왜냐하면 내가 에두아르트와 꽤 가까워지려고 하자 자네가 너무 놀라워했고, 무엇으로 자네가 나에게 상처를 주었을지 깨닫지도 못하면서 물어보는 것 같았으니 말이야. 그것뿐이라면, 단지 어떤 개별적인 상황이었다면 그런 듣기 싫은 질문을 받기도 전에 저절로 답변이 나와서 해소되었을걸세. 하지만 매번 실제로 그랬듯이 자네에게 에두아르트에 관한 것을 모두 알려주는 것을 내가 줄곧 모욕적으로 느낄 수밖에 없다면, 더이상 그러고 싶지 않지 않겠나? 물론 자네는 그에게 아무 짓도 하지 않았고 목소리를 높이지도 않았네. 하지만 나는 자네가 어떻게 생각하는지 정말 잘 알고 있고 지켜봐왔어. 그리고 내가 이런 것을 알지도 보지도 못한다면, 우리 마음의 눈에 보이지 않는 교감과 그것이 일으키는 아름다운 마법은 도대체 무엇일까?—자네도 이쯤 되면 계속 더 소극적으로 나서지 않으면서 그저 요령 있게 이 오해를 없는 것으로 하려는 생각은 분명히 할 수 없을걸세. 그렇지 않다면 나 또한 정말 더 할말이 없을 테니까.

의심할 여지 없이 자네 둘은 영원한 간극 때문에 갈라서게 된 것이네. 자네 본성이 지닌 조용하고 투명한 깊이, 그리고 그의 부단한 삶의 가열찬 투쟁이 인간 존재의 대립되는 극단에 놓여 있는 거지. 그는 완전히 활동적이고, 자네는 감수성이 예민하고 사변적 성격이지. 자네가 모든 것에 감각을 발휘하는 이유는 바로 그 때문이네. 자네 자신을 의도적으로 고립시키지 않을 때에도 자네는 그 감각을 갖고 있잖아. 그리고 그것이 정말 나를 짜증나게 하네. 자네는 그 훌륭한 사람을 오해하기보다는 차라리 증오하고 싶은 거겠지!—하지만 세상에 아직 남아 있는 근소한 위대함과 아름다움을 그렇게 인색하게 평가하는 것에 부자연스럽게 익숙해진다면, 과연 어떤 결과에 이르게 될까? 통찰력만이 의미에 대한 권리를 포기하지 않고 늘상 그것을 그렇게 받아들일 수 있는 거라고. 결국 어디서나 흔히 볼 수 있는 꼴이 되고 말 것이네.

이것이 자네의 그 자랑스러운 포용력인가? 물론, 자네는 그러면서 평등의 기본 원칙을 살펴보겠지. 하지만 이 사람이나 저 사람이나 마찬가지라네. 단지 각자 나름의 방식으로 오해받는 것만 아니라면. 자네 또한 에두아르트가 지닌 가장 성스러운 것에 관해서 자네에게나 다른 사람들에게 영원히 침묵을 지키라고 내 마음을 강요한 적은 없었을까? 그것은 자네가 적절한 시간이 될 때까지 자네의 판단을 비밀로 할 수 없었기 때문이고, 그리고 자네의 지성이 저 자신의 한계를 발견할 수 있기 전에 어떤 일에나 한계를 생각해내기 때문이라네. 자네가 때로는 판단하지 말고 믿었더라면, 이따금 내 안에 있는 어떤 알려지지 않은 무한한 것을 전제했더라면, 나의 소중함이 원래 얼마나 큰지 그리고 자네가 얼마나 훨씬 더 원만하게 안심하고 지내게 될지, 이런 것들을 자네에게 설명할 수밖에 없는 지경으로까지 자네는 날 몰아넣어 버리고 말았어.

물론 이 모든 일에는 나 자신이 소홀했다는 책임도 있다네. 내가 현재의 모든 것을 자네와 공유하려 했으면서 과거와 미래에 관해서는 알려주지 않았던 것은 아마 나의 고집 때문이기도 했으니까. 내 감정이 그에 저항했는지는 잘 모르겠네. 또한 나는 그러는 게 쓸데없는 짓이라는 생각이 들었다네. 왜냐하면 사실 나는 자네가 굉장히 지적이라고 믿었으니까.

오, 안토니오, 내가 영원한 진실을 의심할 수 있었다면 자네는 존재한다는 것과 함께한다는 것의 단순한 조화에 근거한 저 고요하고 아름다운 우정은 뭔가 잘못되고 전도된 것이라고 여길 지경까지 나를 몰고 갔을까!

내가 완전히 다른 편에 선다면, 그것도 여전히 이해하기 힘든 일일까?—나는 그 부드러운 쾌락을 단념하고 삶의 거친 투쟁 속으로 뛰어들겠네. 나는 서둘러 에두아르트에게 가려고 하네. 모든 것이 이미 약속되어 있거든. 우리는 단순히 함께 살려는 것이 아니라 형제애적 유대 속에서 하나가 되어 활동하고 행동하려는 거야. 그는 거칠고 퉁명스럽지. 그의 미덕은 감상적이라기보다는 강건하다네. 하지만 그는 남성적인 위대한 마음을 지녔고, 그리고 더 좋은 시절이었더라면 그는 감히 말하건대 영웅이었을걸세.

II

결국 우리가 다시 한번 서로 이야기를 나눈 것은 정말 좋았네. 자네가 편지를 쓰는 것이 전혀 내키지 않았고, 그래서 불쌍한 죄 없는 알파벳만 탓하고 있었어도 나는 흡족한 마음이라네. 사실 자네는 말하는 데 재능이 더 많으니까. 하지만 여전히 이런저런 것들이 내 마음에 있는데, 이걸 말로 할 수는 없었고 편지로나마 넌지시 알려주려고 하네.

그런데 왜 하필이면 편지 쓰기라는 방법일까?—오, 나의 벗이여, 말을 전할 수 있는 더 섬세하고 세련된 방법을 내가 알고 있기만 했어도 원하는 것을 부드러운 베일에 담아 멀리서 나지막이 전할 수 있을 텐데! 대화는 내겐 너무 시끄럽고 너무 은밀하고 그리고 또 너무 파편적이야. 이런 흩어진 말들은 여전히 내가 그것들의 완전한 조화 속에서 암시하고 싶은 연관성이나 전체의 단 한 측면만을, 단 한 조각만을 전달할 뿐이라네.

그리고 함께 지내려는 남자들이 자기들끼리 교제하는 데 서로에게 지나치게 다정하게 대하는 것이 가능할 것 같은 가?—나는 꽤 과격한 발언도 두려워하지 않는 것 같아. 그런 이유로 우리 대화에서 특정한 사람들과 특정한 대상들을 피하지는 않았으니까. 이 문제에 관해서는, 내 생각으로는 우리 사이에 경계선은 영원히 파기되지 않았던가!

내가 자네에게 이야기하려고 했던 것은 상당히 일반적인 것이네. 그리고 나는 이런 우회로를 선택하길 더 좋아한다네. 이것이 잘못된 섬세함인지 진정한 섬세함인지는 잘 모르겠지만, 자네와의 우정에 관해서 얼굴을 마주보며 많은 이야기를 하는 것은 어려울 것 같네.

하지만 이게 바로 내가 자네에게 말해주어야 하는 우정에 관한 생각들이네. 이것을 적용하는 일은—그게 가장 중요한 일이지—자네가 어렵지 않게 직접 할 수 있을걸세.

내가 느끼기에는 우정에는 두 종류가 있다네.

첫번째 우정은 완전히 외면적이라네. 이런 우정은 만족하지 못한 채 이 행동에서 저 행동으로 재빨리 옮겨다니면서 모든 훌륭한 남성을 단결된 영웅들의 위대한 연대 속으로 받아들여 그 오래된 매듭을 온갖 미덕으로 더 단단히 휘감고, 그리고 새로운 형제들을 얻기 위해 줄곧 노력한다네. 이 우정은 더 많은 것을 가지면 가질수록 더 많은 것을 열망한다네.

이전 시대를 떠올려보면, 자네는 우리에게도 혹은 우리 사랑의 대상에게도 있을지 모르는 모든 악과 맞서 성실한 투쟁을 벌이는 이런 우정을 어디에서나 발견할걸세. 그 고귀한 힘이 굉장한 정도로 작용해서 세계를 만들거나 혹은 지배하는 곳에서라면.

지금은 다른 시대지만, 이러한 우정의 이상은 내가 나 자신으로 계속 존재하는 동안은 내 안에 있을걸세.

다른 종류의 우정은 완전히 내면적이네. 가장 개성적인 특징의 놀라운 균형이지. 마치 서로가 서로를 어떤 일에서나 보완해주어야 하는 것이 미리 정해져 있기라도 한 것처럼 말일세. 모든 생각과 느낌은 가장 성스러운 것의 상호 간의 자극과 성장을 통해서 친교를 나누게 된다네. 그리고 순전히 정신적인 사랑, 교제의 아름다운 신비는 단지 멀리 있는 목적으로서 어쩌면 부질없는 어떤 노력 앞에서 부유하고 있는 것이 아니라네. 아니, 그것은 오로지 완성된 상태로 발견할 수 있는 것일세. 또한 거기서는 저 다른 영웅적 우정에서처럼 어떠한 환멸감도 일어나지 않는다네. 어느 한 남자의 미덕이 옳은지 여부는 그 행동이 알려주어야 할 테니. 하지만 자신의 내면에서조차 인류와 세계를 느끼고 바라보는 자라 할지라도 보편적인 의미와 보편적인 정신을, 그것이 존재하지 않는 곳에서 추구하는 것은 쉽지 않을걸세.

완전한 내적 평정을 유지하고 겸손한 마음으로 다른 사람의 신성함을 존경할 줄 아는 자만이 오직 이런 우정을 행할 능력이 있네.

신들이 인간에게 그런 우정을 선사했다면, 인간은 그 우정을 모든 외적인 것으로부터 조심스럽게 지키고 성스러운 본질을 보호하는 것 외에는 아무것도 할 수 없다네. 그 연약한 꽃은 그렇게 덧없기 때문이지.

동경과 평온

가볍게 옷을 걸친 채 루친데와 율리우스는 별관의 창가에 서 있었다. 서늘한 아침 공기에 상쾌함을 느끼며 온갖 새들이 활기찬 노래로 인사하며 맞이하는 떠오르는 태양을 바라보는 데 여념이 없었다.

율리우스, 왜 나는 이토록 유쾌한 평온함 속에서 깊은 동경을 느끼는 걸까요? 루친데가 물었다. 우리가 동경 속에서만 평온함을 발견하니까 그렇겠지. 율리우스가 대답했다. 우리의 정신이 동경하고 추구하는 것을 그 무엇에도 방해받지 않을 때에만, 우리의 정신이 자신의 동경보다 더 높은 어떤 것도 찾을 수 없을 때에만, 바로 평온함이 있는 거라오.

오직 밤의 평온함 속에서 동경과 사랑은 찬란한 태양처럼 밝고 완전하게 타오르면서 빛나네요. 루친데가 말했다. 그리고 낮에는 사랑의 행복이 마치 아주 미미하게 빛나는 달처럼 창백하게 희미해지지. 율리우스가 대답했다. 혹은 나타났다가 갑자기 어둠 속으로 사라지기도 해요. 달이 모습을 감추었을 때 우리 방을 밝게 비추었던 그 천둥처럼 말이지요. 루친데가 덧붙였다.

오직 밤에만 작은 나이팅게일*과 깊은 한숨은 탄식을 노래한다오. 율리우스가 말했다. 오직 밤에만 꽃들은 수줍어하며 꽃잎을 벌리고, 정신과 감각을 똑같이 황홀감으로 도취시키려고 가장 아름다운 향기를 자유롭게 퍼뜨리지. 오직 밤에만, 루친데, 깊은 사랑의 격정과 담대한 웅변이 거룩하게 입술에서 흘러나온다오. 낮의 소음 속에서는 자신의 달콤한 보물을 부드러운 자부심으로 닫아버리는 그 입술에서.

루친데 나의 율리우스, 나는 당신이 그렇게 성스럽게 묘사하는 그런 사람이 아니에요. 나이팅게일처럼 내가 탄식하길 좋아할지라도, 그리고 마음 깊이 느끼는 것처럼 내가 오로지 밤에 봉헌되었다 할지라도 말이에요. 바로 당신이랍니다. 차츰 혼란이 잦아들고 어떤 예사로운 것도 당신의 고귀한 정신을 흩뜨리지 않을 때면, 영원히 당신의 것인 내 안에서 당신이 불현듯 보게 되는 것은. 당신의 상상력이 피워낸 마법의 꽃이지요.

율리우스 그런 겸손일랑 그만두고 아부하지 말아요. 기억

* 딱샛과의 작은 새. 울음소리가 아름다우나 조용한 밤중에 우는 소리가 도드라져 밤꾀꼬리라고도 불린다.

하시오, 당신은 밤의 여사제요. 태양의 빛 속에서조차 당신이 가진 풍성한 머릿결의 어두운 광채가, 진지한 눈빛의 밝은 흑암이, 드높은 자태가, 이마와 모든 고귀한 신체의 위엄이 그것을 알려주고 있소.

루친데 당신이 칭찬하는 사이에 이제 시끄러운 아침이 눈부셔서 눈을 내리뜨게 되네요. 쾌활한 새들의 가지각색의 노랫소리가 영혼을 어지럽히고 놀라게 하는군요. 다른 때 같았으면 조용하고 어두운 저녁의 서늘함 속에서 아마도 내 두 귀는 사랑스러운 친구의 기분좋은 이야기를 탐욕스럽게 마시고 싶어했을 텐데.

율리우스 순전히 상상만은 아니오. 나의 동경은 무한히 당신을 향해 있고 영원히 가닿지 못할 거요.

루친데 어떻든 간에, 당신은 나의 존재가 평온함을 찾는 지점이에요.

율리우스 그 성스러운 평온함을 나는 오로지 그 동경에서 찾아냈다오, 벗이여.

루친데 그리고 나는 이 아름다운 평온함 속에서 그 성스러운 동경을 찾아냈고요.

율리우스 아, 강한 빛줄기가 이 불꽃을 뒤덮은 베일을 걷어 올릴 수 있다면, 감각의 장난이 이 뜨거운 영혼을 시원하게 진정시키면 좋으련만!

루친데 그러면 영원히 차갑고 진지한 삶의 낮이 언젠가는 따뜻한 밤을 파괴하게 될 거예요. 만약 젊음이 달아나버린다면, 그리고 당신이 언젠가 위대한 사랑을 더 숭고한 방식으로 체념했었던 것처럼 내가 당신을 포기하게 된다면 말이지요.

율리우스 내가 당신에게는 그 미지의 여인*을, 그녀에게는 내 놀라운 행복의 기적을 보여줄 수 있으면 좋으련만.

루친데 당신은 아직도 그녀를 사랑하고 있고 영원히 사랑하겠군요, 나 역시 영원히 사랑하는 것처럼. 그건 놀라운 당신 마음의 위대한 기적이에요.

율리우스 당신 마음보다 더 놀라운 것은 없소. 나는 보고 있다오. 내 가슴에 기댄 채 당신이 사랑했던 기도**의 머리카락을 매만지며 장난치는 당신을, 형제애로 하나로 묶인 우리 두

* '남성성의 수업시대'에 등장한 네번째 여인. 앞서 언급된 율리우스의 위대한 사랑 또한 이 여인과의 사랑이다.

** 여기서 언급되는 기도(Guido)가 누구인지 슐레겔은 밝히고 있지 않지만 유고로 남긴 「기도의 죽음」이라는 미완성 원고로 짐작해볼 때 계획하고 있었던 『루친데』의 속편과 관련된 인물로 짐작할 수 있다.

사람의 품위 있는 이마를 영원한 기쁨의 화환으로 장식하고 있는 당신을.

루친데 어둠 속에 그냥 놓아두세요. 가슴 고요한 깊은 곳에서 성스럽게 피어나는 것을 빛으로 끌어당기지 마세요.

율리우스 삶의 파도는 어디서 그 거친 자와 장난을 치고 있으려나? 감정이 부드럽게 그리고 난폭한 운명이 격렬하게 이 혹독한 세상 속으로 끌어낸 그자와.

루친데 당신의 순수한 영혼의 푸른 하늘에 그 고귀한 미지의 여인의 순수한 이미지가 거룩하게 변모되어 더할 나위 없이 빛나고 있어요.

율리우스 오, 영원한 동경이여! ―그러나 결국 낮의 무익한 동경과 공허한 눈부심은 사라져서 소멸할 것이고, 위대한 사랑의 밤은 영원한 적요 속에서 자신을 느낄 것이오.

루친데 그렇게 여성의 마음은, 내가 지금 이대로일 수 있다면, 사랑으로 따뜻한 가슴속에서 느낀답니다. 나의 마음은 오직 당신의 동경만을 동경하고, 당신이 평온함을 찾는 곳에서 평온하답니다.

환상의 희롱

생계를 위한 소란스럽고 고단한 채비를 하느라 정작 연약한 신들의 아이인 삶은 내쫓기고, 원숭이가 하는 대로 따라 하길 좋아하는 근심의 포옹 속에서 가련하게도 질식한다.

의도를 갖는 것, 의도에 따라 행동하는 것, 그리고 의도에 의도를 더하여 새로운 의도를 인위적으로 엮어내는 것. 이 나쁜 습관은 신을 닮은 인간의 어리석은 본성에 매우 뿌리깊게 박혀 있다. 그래서 인간이 한번쯤은 아무런 의도 없이, 영원히 흘러가는 이미지들과 감정들의 내적인 흐름 속에서 자유롭게 움직여보려 한다면, 이제는 이를 제대로 계획해서 의도로 만들어야 한다.

자진해서 침묵하는 것, 영혼을 상상력에 되돌려주는 것, 그리고 젊은 어머니가 품에 안은 아이와 벌이는 달콤한 희롱을 방해하지 않는 것, 이것이 바로 오성悟性이 도달할 수 있는 정점이다.

하지만 순수의 황금시대 이후로 오성이 그렇게 지성적이었던 적은 아주 드물다. 오성은 영혼을 혼자서만 소유하려 한다. 영혼이 자신이 본래 품고 있는 사랑과 단둘이 있다고 생각할지라도, 오성은 숨어서 엿듣고 있으며 아이들의 신성한 놀이 대신 과거의 목적들에 대한 기억이나 미래의 목적들에 대한 전망만을 밀어넣어놓는다. 그렇다, 오성은 공허하고 차가운 속임수들에 색조를 가미하고 일시적인 열기를 부여할 줄 알며, 자신이 지닌 모방하는 기술을 통해 순진한 환상에게서 그것의 가장 고유한 특성을 강탈해가려 한다.

하지만 젊은 영혼은 노회한 자의 술책에 현혹되지 않는다. 그리고 자신이 총애하는 아이가 아름다운 세계의 아름다운 이미지들과 놀고 있는 것을 항상 지켜본다. 영혼은 기꺼이 제 이마를 아이가 생명의 꽃들로 엮은 화환으로 장식하게 하고, 기꺼이 깨어 있는 졸음 속에 잠긴다. 사랑의 음악을 꿈꾸면서, 그리고 먼 곳의 로망스에서 들려오는 단속적 소리 같은, 신들의 비밀에 가득찬 상냥한 목소리를 알아들으면서.

익숙한 오래된 감정들이 과거와 미래의 심연에서 울려나온다. 그것들은 엿듣고 있는 정신을 부드럽게 살짝 어루만지고 소리가 멈춘 음악과 어두운 사랑의 배경 속으로 재빨리 다시금 사라진다. 모든 것은 아름다운 혼돈 속에서 사랑하고 살아내며 비탄하고 기뻐한다. 여기 이 시끌벅적한 축제에서 기뻐하는 모든 이들의 입술이 모두에게 공통된 노래를 부르기 위해 열린다. 그리고 여기서 외로워하는 소녀는 제 속마음을 털어놓고 싶은 남자친구 앞에서 입을 다물고 미소 짓는 입맵시로 입맞춤을 거부한다. 생각에 잠겨 나는 너무 일찍 죽은 아들의 무덤 위에 꽃을 뿌리고, 곧바로 기쁨과 희망에 가득차서 사랑하는 형제의 신부에게 그 꽃을 건넨다. 그러는 동안 고귀한 여사제는 나에게 손짓을 하며 손을 내민다. 영원히 순수한 불길과 영원한 순수함과 영원한 열광을 칭송하는 진지한 결속을 위해. 나는 급히 제단과 여사제를 떠나 검을 손에 쥐고 영웅들의 무리와 함께 전투에 나선다. 나는 곧 그 전투를 잊어버린다. 가장 깊은 고독 속에서 오직 하늘과 나 자신만을 응시하면서.

그런 꿈들 속에서 곤히 자고 있는 영혼은 그 꿈들을 영원히 계속해서 꿀 것이다. 비록 깨어난다 할지라도. 영혼은 사랑의 꽃들이 자신을 휘감고 있음을 느끼고, 그 느슨한 화환이 손상되지 않도록 조심하고, 기꺼이 포로가 되어 저 자신을 환상에 내맡기며, 기꺼이 모든 어머니들의 걱정을 달콤한 희롱으로 보답하는 아이에게 몸을 맡긴다.

그러고 나면 꽃다운 청춘의 상쾌한 입김과 어린아이 같은 환희의 후광이 그 전존재 위로 불어온다. 남자는 제 연인을, 어머니는 아이를, 모든 이들은 영원한 인간을 숭배할 것이다.

이제 영혼은 나이팅게일의 비탄과 새로 태어난 자의 미소를, 그리고 꽃들과 별들 위에 비밀스러운 상형문자로 의미심장하게 드러나는 것을 이해한다. 삶의 성스러운 의미뿐만 아니라 자연의 아름다운 언어를. 모든 사물들은 영혼에게 말을 건네고 어디에서나 영혼은 부드러운 베일을 통해서 사랑스러운 정신을 본다.

성대하게 장식된 이 지상에서 영혼은 삶의 가벼운 무도를 추며 순진무구하게, 그리고 사교와 우정의 리듬을 쫓으며 다만 사랑의 어떠한 조화도 깨뜨리지 않을까 염려한다.

그사이에 영원한 노래가 울려퍼진다. 그 노래로부터 영혼은 훨씬 더 숭고한 기적을 내비치는 말마디들을 가끔씩이나마 알아들을 뿐이다.

점점 더 아름답게 이 마법의 원이 영혼을 감싼다. 영혼은 그 원을 결코 떠날 수 없다. 그리고 영혼이 형성해내거나 말하는 것이 어린아이 같은 신들의 세계가 품은 아름다운 비밀들에 관한 한 편의 경이로운 로망스처럼 울려퍼진다. 감정의 매혹적인 음악이 곁들여지고 사랑스러운 생명의 가장 의미있는 꽃들로 장식되어서.

해설

낭만적 아라베스크

이영기

I. 프리드리히 슐레겔—독일 낭만주의 문학이론가

프랑스혁명, 피히테의 지식학, 괴테의 『빌헬름 마이스터의 수업시대』를 1800년 전후 시대의 정치, 철학, 문학에서의 가장 위대한 경향들이라고 간파한 프리드리히 슐레겔은 독일 낭만주의의 대표적 이론가다. 초기 낭만주의 작가들의 기관지 『아테네움』이 발간된 1798년부터 대략 1830년대까지 전개된 독일 낭만주의 문학은 괴테와 실러로 대변되는 바이마르 고전주의와 함께 독일의 가장 찬란한 문화적 시기를 대표한다.

초기 낭만주의 문학운동을 주도한 카를 빌헬름 프리드리히 슐레겔은 1772년 3월 10일 하노버에서 개신교 목사의 아들로 태어났다. 문학사가, 문헌학자, 비평가, 그리고 무엇보다도 셰익스피어 작품의 유려한 번역으로 독일문학사에 이름을 남긴 형 아우구스트 빌헬름 슐레겔의 영향하에서 슐레겔은 괴팅겐대학과 라이프치히대학에서 신학과 법학을 전공하며 고전문헌학, 철학, 역사학, 의학 등 광범위한 분야의 지식과 서적을 "게걸스럽게 먹어치웠다".

상당한 채무로 말미암아 학업을 중단한 후 슐레겔은 1794년 1월부터 드레스덴에서 "쓰기, 생각하기, 읽기, 발췌하기"로 하루 일과를 보내며 비평가로서의 야망을 키워나가기 시작한다. 이 시기의 가장 중요한 성과물은 17세기 말 프랑스에서 전개된 '신구논쟁'의 전통에 입각하여 고대 시문학과 근대 시문학의 관계를 규명한 「그리스 시문학 연구에 관하여」이다. "개성적인 것, 특성적인 것, 철학적인 것"의 압도적 우위로 특징지어지는 근대 시문학이 처한 위기의 진단에서 출발한 슐레겔은 고대 그리스 시문학이 이미 도달한 바 있는 총체성과 객관적 아름다움과의 변증법적 지양을 통해 근대 시문학의 새로운 부활의 가능성을, 더 나아가 '미적 혁명Ästhetische Revolution'의 가능성을 타진한다. 이 시기에 형 아우구스트 슐레겔은 실러의 초청으로 예나에서 대표적 고전주의 문학잡지 『호렌』의 동인으로 활동하고 있었다. 1796년 여름 예나를 방문한 슐레겔은 철학자 피히테를 비롯해 니트함머, 괴테, 실러, 빌헬름 폰 훔볼트 같은 저명인사들과 친분을 맺었다. 하지만 공화주의적 성향의 잡지 『도이칠란트』에 실린 도발적 서평들로 인해 특히 실러와의 관계가 악화되어 결국 슐레겔은 1년 정도의 예나 체류 생활을 마감하고 1797년 7월 베를린으로 떠난다.

프로이센의 수도 베를린은 18세기 말 무렵에는 가장 현대적인 문화적·학문적 역량을 갖춘 독일 도시였다. 슐레겔은 라이하르트가 새로 발간한 잡지 『순수예술학교』의 편집자로 활동하면서 베를린의 문학 살롱과 독서 모임에서 다양한 사교 생활을 경험한다. 특히 헨리에테 헤르츠가 남편과 함께 일주일에 두 번씩 주최한 문학 살롱에는 정치가, 학자, 예술가, 철학가 등 다양한 사회적 계층의 사람들이 모여서 예술과 정치에 관해서 자유롭게 의견을 나누었다. 계몽주의자 이그나츠 페슬러가 이끄는 독서토론 모임 '수요회'에서 슐레겔은 슐라이어마허와 두터운 친분을 쌓게 되고, 헤르츠 부부 문학 살롱에서 계몽주의 철학자 멘델스존의 딸이자 사업가 지몬 바이트의 아내 도로테아를 처음으로 만나게 된다. 당시 불행한 결혼생활을 영위하고 있었던 도로테아는 슐레겔에게 "강한 인상"을 남겼고 이후 남편과 별거하면서 그와 연인 관계를 유지한다.

『순수예술학교』에 실린 「레싱에 관하여」, 「비판적 단편」 등을 통해 '전위적' 문학비평가로서의 입지를 굳힌 슐레겔은 형 아우구스트 슐레겔과 함께 독자적인 잡지 창간 프로젝트를 구상한다. 그 결과 초기 낭만주의의 가장 중요한 자료로 평가되는 문학잡지 『아테네움』이 1798년 5월 창간호를 시작으로 1800년까지 총 6회 발간된다. 슐레겔 형제와 각별한 친분관계를 맺고 있었던 노발리스, 슐라이어마허, 횔젠 등을 비롯해서 아우구스트 슐레겔의 아내 카롤리네와 도로테아 등이 필진으로 함께 참여한 이 잡지는 당대의 비평가들로부터 과도하게 독창성을 추구하고 있으며 도무지 이해할 수 없는 내용으로 채워져 있다는 조롱과 비난을 받았다. 그럼에도 여기에 실린 도발적이고 논쟁적인 비평들은 단편斷片이나 아포리즘 같은 실험적 글쓰기 형식에서뿐만 아니라 새로운 비평적 이념에 있어서도 이 잡지를 초기 낭만주의 운동의 명실상부한 산실로 만들었다. 특히 "낭만적 포에지는 점진적 보편 포에지"임을 선언하는 「아테네움 단편」 116번은 낭만주의 문학이론의 강령으로 평가된다.

바로 이 1798년 여름, 슐레겔 형제와 카롤리네, 셸링 등은 드레스덴에서 두 달간에 걸쳐 여름휴가를 같이 보냈다. 거기에는 피히테와 노발리스, 라헬 레빈도 가끔가다 얼굴을 내밀었다. 베를린으로 돌아온 슐레겔은 곧이어 소설 『루친데』의 집필에 착수한다. 이 소설의 첫 장은 필사본의 형태로 친구들 사이에서도 공유되었는데, 형수 카롤리네 슐레겔과 연인 도로테아를 연상시키는 여주인공의 특징에는 '자전적' 허구라는 스캔들로 비화될 위험이 있다는 점이 조심스럽게 지적되었다. 1799년 5월 말 『루친데』(1권)가 출간되자 예상했던대로 유대인 이혼녀(도로테아는 1799년 1월 이혼을 했다) 도로테아와 슐레겔의 관계가 세간의 커다란 주목을 끌었다. 더욱이 이해에 출간된 『아테네움』에는 프리드리히 니콜라이를 위시한 베를린의 후기 계몽주의자들을 신랄하게 조롱하는 내용이 담겨 있었던 탓에 슐레겔로서는 베를린 생활을 청산하고 다시금 예나로 떠날 수밖에 없었다.

1799년 가을, 예나에 도착한 슐레겔과 도로테아는 이미 그곳에 자리잡고 있었던 아우구스트 슐레겔 부부와 로이트라 골목에 있는 어느 저택에서 같이 생활하면서 피히테, 셸링, 노발리스, 티크, 브렌타노, 자연철학자 리터 등과 서로 긴밀한 친교를 나누었다. 바이마르 고전주의의 심장부에서 괴테와 실러의 '문화 권력'에 맞서면서, 프랑스혁명 이후의 정치적 소용돌이와 독일관념론의 철학적 조류 속에서 부단히 시대와 학문과 시문학의 급진적 혁신을 위한 '이론적' 기획에 몰두했던 바로 이들이 '예나 초기 낭만주의자'들이다. 「시문학에 관한 대화」를 통해 슐레겔이 초기 낭만주의 문학이론의 기념비적 결산물을 내놓았지만 당대에 가장 인기 있었던 극작가 코체부나 신학자 다니엘 예니슈의 적의 서린 공격과 비방, 그리고 초기 낭만주의자들에 대한 괴테의 비우호적 평가는 이 정신적 공동체의 입지를 협소화시켰다. 또한 카롤리네 슐레겔과 셸링의 관계가 눈에 띄게 가까워지면서 공동체의 균열의 조짐을 드러냈다. 결국 1800년 3월 카롤리네가 열두 살이나 젊은 셸링과 함께 떠나버리면서 아우구스트 슐레겔은 아내를 잃게 되었다.

슐레겔은 예나대학에서 철학 강의를 할 수 있는 기회를 얻기 위해 1800년 8월에 철학 박사학위를 취득하고 이듬해 교수 자격시험을 치렀으나 그가 품었던 학문적 경력의 야망은

좌절되었고, 더욱이 1801년 봄에는 친구 노발리스의 죽음을 경험해야만 했다. 이러한 악조건 속에서도 슐레겔 형제는 1801년 5월 『성격 묘사와 비평』(2권)을 출간하면서 문학비평가로서 자신들의 위상을 확고히 한다. 예나를 떠나 베를린에서 다시금 경제적으로나 직업적으로나 재기할 수 있는 상황인지를 타진하기 위해 잠시 베를린을 방문한 슐레겔은 결국 보다 관용적 분위기의 파리로 가기로 결심한다.

1802년 1월 파리를 향해 긴 여정길에 오른 슐레겔은 도중에 잠시 바이마르에 들러 자신의 희곡 『알라르코스』의 초연을 관람하게 되는데, 괴테가 직접 연출을 담당하여 무대에 올린 이 공연에 관객은 비웃음으로 반응했다. 제1집정관 나폴레옹이 실질적으로는 독재자로서 통치하고 있었던 프랑스공화국의 수도에 도착한 슐레겔과 도로테아는 파리의 문화적 다양성과 종교적 관용의 분위기에 고무된다. 파리에서 슐레겔은 문화정치적 성향의 잡지 『오이로파』를 의욕적으로 창간한다. 이 잡지에 게재할 원고 청탁에 대해 『아테네움』의 필진이기도 했던 예나 초기 낭만주의자들 대부분이 부정적 입장을 표명한 반면, 아르님과 푸케 등과 같은 후기 낭만주의자들이 새롭게 합류한다. 1803년 2월에 발간된 첫 호의 권두에 실린 에세이 「프랑스 여행」은 무엇보다도 급진적 공화주의에서 서서히 정치적 보수주의와 민족주의적 경향으로 기울어가기 시작하는 슐레겔의 역사철학적 전망과 현실정치적 입장을 이해하는 데 중요한 기록이다. 파리의 미술관들을 방문하며 특히 기독교 성화聖畫에서 커다란 감명을 받은 슐레겔은 다수의 예술비평적·예술사적 에세이를 『오이로파』에 기고하기도 했으며, 페르시아어와 산스크리트어를 배우며 독일문학사에 관한 강연을 하기도 했다.

1803년 가을, 쾰른 출신의 부유한 사업가 부아세레 형제와 친분을 쌓은 슐레겔은 이들을 대상으로 유럽문학과 그리스철학에 관해 6개월에 걸쳐 개인적으로 강의를 한다. 파리에서의 체류가 점점 더 불편하게 느껴지던 시점에 부아세레 형제와의 인연은 슐레겔에게 쾰른에 정착할 생각을 갖게 했다. 하지만 이를 위해서는 슐레겔과 도로테아의 결혼이 필수불가결했고, 또한 결혼이 성사되기 위해서는 유대인 도로테아가 기독교로 개종해야만 했다. 나폴레옹의 황제 즉위식이 거행된 후 며칠 지나지 않은 1804년 4월 6일, 도로테아는 비밀리에 기독교로 개종을 하고 곧바로 슐레겔과 결혼식을 올렸다. 이로부터 몇 주 후 두 사람은 부아세레 형제와 함께 쾰른에 도착한다.

신성로마제국의 도시 쾰른은 1798년 프랑스공화국에 편입되었지만 종교적 관용과 자유로운 분위기가 넘쳐나는 도시였다. 슐레겔의 쾰른 체류 시기는 경제적 안정을 위한 폭넓은 강연 활동과 여러 차례에 걸친 여행으로 특징지어진다. 따라서 시사적 성격의 비판적 저술 활동은 저조해졌고 잡지 『오이로파』의 간행도 1805년 중단되었다. 또한 대학교수직 임용을 위해 여러 차례 다방면으로 노력하였으나 이 또한 번번

이 무산되었다. 부아세레 형제의 후의厚意에도 쾰른 체류 시기가 끝나갈 무렵 슐레겔은 강연의 기회조차 찾기 힘들었을 뿐 아니라 친구들이나 지인들에게서 도움을 기대하기도 어려운 절망적 처지에 놓이게 되었다. 이 시기 슐레겔이 목도한 역사적 현장에서는 나폴레옹의 등장 이후 라인연방의 성립과 신성로마제국의 해체(1806)가 이어지며 유럽 전역이 정치적 혼돈의 소용돌이 속으로 휘말려들어가고 있었다. 특히 예나와 아우어슈테트 전투에서 프로이센은 참담한 패배를 겪었다. 베를린의 프로테스탄트적 분위기에 비우호적 감정을 지니고 있는 슐레겔의 입장에서는 더군다나 이 지역을 향후 활동의 근거지로 삼을 수 없었다. 이러한 상황을 고려하면, 19세기 초 대다수의 낭만주의자들이 가톨릭으로 개종하는 과정에는 낭만주의 운동의 민족주의적 경향으로의 선회가 결정적 요소로 작용했다 하더라도, 슐레겔 부부가 1808년 4월 16일 가톨릭으로 개종하는 과정에 지극히 현실적인 이유 또한 상당히 작용했을 것이라고 짐작할 수 있다. 1808년 5월 8일 자신의 후원자 스탈 부인과 함께 빈에서 오스트리아 황제 프란츠 1세를 알현한 형 아우구스트 슐레겔은 아우를 위한 후원을 간청했던 것이다. 6월 22일 슐레겔은 빈에 도착했다.

신성로마제국의 찬란한 수도였던 빈은 과거의 영광이 퇴색되기는 했지만 여전히 유럽의 학문과 예술의 중심지였다. 슐레겔은 빈의 유명인사들과 두루 접촉하면서 강연을 재개

할 수 있는 가능성을 탐색한다. 아우구스트 슐레겔과 스탈 부인의 추천 덕분에 그는 1809년 4월 정부군 궁정위원회 비서관으로 임명되어 현실 정치에 발을 내딛게 되었다. 이후 오스트리아 군사령부로 파견되어 그곳에서 정부의 대변지 『오스트리아 신문』을 발간한다. 프랑스와의 전쟁에서 오스트리아의 패배는 확실해졌지만, 바로 이 시기에 유럽 역사의 무대에 등장한 인물이 오스트리아 정치가 메테르니히이다. 출판과 언론을 정치적·종교적 목적을 위하여 효과적으로 이용할 줄 알았던 메테르니히의 후견하에서 슐레겔은 신문 『오스트리아 옵저버』를 창간했으며, 역사와 문학사에 관한 강연 활동과 더불어 문화보수주의적 성향의 잡지 『도이체스 무제움』을 발간했다.

나폴레옹의 실각 이후 연합군을 중심으로 유럽의 정치적 질서가 재편성되는 국면에서 슐레겔은 빈회의(1814)에서 의제로 다루게 될 독일연방조약이나 헌법 초안을 작성하거나 외교사절단 참사관의 자격으로 프랑크푸르트 연방의회(1815)에 참석하는 등 주로 정치적·외교적 활동에 치중했다. 또한 교황권 지상주의를 신봉하는 종교적 신념을 표명한 슐레겔에게 교황은 그리스도 훈장을 수여하기도 했다. 1818년 가을, 관직에서 완전히 물러나게 된 슐레겔은 여전히 왕성한 집필 및 강연 활동을 하면서 프란츠 폰 바더, 아담 뮐러 등 후기 낭만주의자들을 규합하여 보수주의적 가톨릭 성향의 잡지 『콩코르디아』를 창간했으며, 자신의 『전집』 간행도 본격적으로 준비하기 시작했다. 그럼에도 그의 말년의 대부분은 가톨릭 신앙의 경계를 넘어 최면술과 자기磁氣치료, 영성적 신비주의에 과도하게 경도되어 있었다는 점을 간과할 수 없다.

1828년 12월 12일부터 슐레겔은 드레스덴에 체류하면서 철학 강연을 하고 있었다. 1829년 1월 11일에서 12일로 넘어가는 밤, 여느 때처럼 강연 원고를 준비하던 중 슐레겔은 뇌졸중으로 갑작스럽게 사망했다. 혁명과 변혁의 시대를 살았던 프리드리히 슐레겔의 삶에는 후기 계몽주의의 상속자, 빙켈만과 괴테를 흠모한 고전주의자, 사유와 성찰의 이성주의자, 예술적 자율성을 선취한 낭만주의자, 정치적 보수주의자, 비의적秘義的 영성주의자의 초상이 모두 들어 있다. 이 모든 각각의 초상은 또한 시대의 초상이기도 하다.

II. 독일 낭만주의 문학의 실험소설 『루친데』

1. 시대를 앞선 소설인가 미완성 실패작인가

『루친데』는 프리드리히 슐레겔이 창작한 '유일무이한' 소설이다. 대개의 다른 작가들과 달리 슐레겔은 유년 시절에 시나 소설의 습작에 몰두하지 않았으며, 본격적으로 글을 쓰기 시작했을 때에도 주로 이론적·비평적 글쓰기를 수행했다. 그럼에도 슐레겔은 소설 장르에 대해서 지대한 관심을 지속적으로 표명했다. 지금까지 그 어떤 문학작품에 대해서도 유보

해왔던 "가장 충실하고 강렬한 인상의 긍정적 평가"를 슐레겔은 다름아닌 괴테의 소설 『빌헬름 마이스터의 수업시대』에 헌정한 바 있다.

『루친데』에 대한 첫 구상은 1794년 여름으로 거슬러올라간다. 이에 따르면, 소설의 줄거리는 기존 소설 장르의 관례적 문법을 따르고 있으며 나중에 출간된 『루친데』의 일부인 '남성성의 수업시대'를 연상시킨다. 하지만 슐레겔이 정작 관심을 가졌던 것은 남자 주인공과 여자 주인공의 각기 다른 '성격Charakter'이라는 소설의 '소재Stoff'였다. 그럼에도 이 당시 그리스 시문학 연구에 매진하고 있었던 슐레겔이 이 초안을 구체화시키는 데에는 몇 년의 시간이 더 흘러야 했다. 1798년 10월 12일에 노발리스에게 보낸 편지에서 "이번 겨울에 『루친데』라는 한 편의 가벼운 소설을 수월하게 마무리할" 생각을 밝힌 것으로 보아 슐레겔은 늦어도 12월에는 이 작업에 본격적으로 착수한 것으로 보인다. 하지만 작품의 형식은 첫 구상에서 볼 수 있는 서사적 진행의 성격이 아닌 다양한 텍스트와 장르가 혼합된 구성적 측면을 지니게 된다.

1799년 5월 말 『루친데』 1권이 드디어 출간되었다. 베를린의 후기 계몽주의자들과 적대적 관계에 있었던 슐레겔의 첫 소설에 대한 반응은 극도로 비판적이었다. 익명으로 발표된 수많은 신랄한 부정적 평가 외에도, 신학자 예니슈는 이 소설이 실제로는 유대인 이혼녀 도로테아가 슐레겔에게 쓴 소위 "연애편지"라고 혹평을 날렸으며, 1801년 3월 치러진 교수 자격시험에서는 슐레겔이 『루친데』의 저자라는 사실 때문에 한바탕 소동이 벌어지기도 했다. "악명 높은 루친데의 작가" "외설적인 루친데의 작가"라는 오명은 슐레겔이 빈에서 활동할 때까지 따라다녔다. 소설 『루친데』를 통해 슐레겔은 자신의 낭만적 시문학의 강령을, 보다 구체적으로는 '소설'의 이념을 구현해보고자 했으나 세간의 독자들의 관심은 주로 소설에서 묘사된 사회적 관습, 특히 사랑과 결혼에 있어서의 전복적 가치 옹호나 관능적 감각의 묘사에 있었던 것이다.

『루친데』를 집필하는 동안 슐레겔의 형과 카롤리네를 비롯한 친구들은 원고의 일부를 서로 돌려가며 읽어보았다. 친구 노발리스는 이 소설이 "낭만적 울림"에 있어서는 부족함이 없지만 "약간 너무 일찍" "시대를 앞서간" 측면이 있다고 평가했다. 이러한 평가는 사회적·시민적 규범의 관점에 치우쳐져서 내려진 것이지 『루친데』가 대변하는 새로운 소설 이념이나 구성 원칙에 대한 온전한 이해에서 나온 것이라고 보기는 어렵다. 긍정적으로 수용되기는 쉽지 않을 것이라는 노발리스의 예감은 실러를 비롯한 고전주의 작가들 또한 비껴나가지 않았다. 실러는 1799년 여름 괴테에게 보낸 편지에서 『루친데』를 "영원히 형식 없는 단편적인 것"이며 "애매한 것과 특성적인 것이 아주 기이하게 짝을 이룬 모습"이라고 혹독하게 비판하면서 '실패한' 작품이라는 낙인을 찍었다. 계몽주의적 합리주의 전통과 문화보수주의적 입장에서 내려진 실러의 이러한 단호한 부정적 평가는 『루친데』의 수용사에

20세기 중반까지 지대한 영향력을 행사했다. 물론 호평도 없지는 않았다. 『루친데』를 세 번이나 읽은 피히테는 읽을 때마다 더 마음에 든다며 상찬을 아끼지 않았고, 슐라이어마허는 「프리드리히 슐레겔의 루친데에 관한 친밀한 편지들」(1800)에서 윤리적 관점에서의 일종의 구제비평을 시도했다. 그럼에도 이 소설이 갖는 낭만적 시학의 의미를 밝혀내고 비난 일색의 분위기에서 반전을 이끌어내기에는 역부족이었다. 『루친데』(1권)의 출간 후 슐레겔은 후속작을 내놓기 위한 작업에 착수하면서 동시에 1권을 다시 개작하고자 했다. 하지만 이는 실현되지 못하고 결국 『루친데』는 미완성작으로 남았다. 그런 이유에서였을까? 슐레겔은 1822년부터 간행된 자신의 『전집』에 이 소설을 수록하지 않았다. 그렇다면 이 소설은 과연 "시대를 앞선" 작품일까 아니면 구제할 길 없는 '실패작'이었던 것일까?

2. "소설은 한 권의 낭만적 책이다"

소설 『루친데』는 기존 소설 장르의 내용이나 형식에 있어서 전복과 파격을 다각도로 전시展示하는 까다로운 텍스트다. 줄거리의 요약 자체가 거의 불가능하다. 남성 주인공 율리우스가 젊은 시절 여러 여성들과 사랑의 관계를 맺는 과정에서 결국 루친데를 알게 되면서 위태로웠던 그의 삶이 어떻게 해결과 구원에 이르게 되는지를 묘사하고 있는 '남성성의 수업시대'만이 유일하게 엄밀한 의미에서 서사적 성격을 갖추고 있을 뿐이며, 편지, 대화, 에세이, 성찰 등 서로 이질적인 다양한 장르의 나머지 텍스트들은 대개 비서사적이며 성찰적 혹은 알레고리적 성격을 보여준다. 이는 자신의 낭만주의 문학이론을 실제 '한 편의 작품'으로 구현함으로써 시문학을 새롭게 하는 데 필요한 자극과 동인을 제시하려는 슐레겔의 '문학비평적' 야심이 낳은 구체적 결과물이 바로 이 소설이기 때문이다. 따라서 『루친데』의 이해와 적절한 평가를 위해서는 슐레겔의 낭만주의 문학이론, 특히 소설 이론에 관한 이해가 기본적으로 전제되어야만 한다.

앞서 언급한 것처럼 노발리스는 이 소설이 "낭만적 울림"에 있어서는 부족함이 없다고 했다. 여기서 '낭만적'이라는 것은 무엇을 의미할까? 통상적 언어 사용에서의 의미와는 달리 '낭만적'이라는 것은 슐레겔에게는 근대 시문학을 가리키는 개념이다. 슐레겔의 유명한 「아테네움 단편」 116번에 따르면, "낭만적 포에지는 점진적 보편포에지다Romantische Poesie ist eine progressive Universalpoesie". 그것의 사명은 단순히 시문학의 모든 분리된 장르를 다시 통합하고 시문학을 철학과 수사학과 관련시키는 것에 그치지 않는다. 낭만적 포에지는 시와 산문, 독창성과 비평, 인공적 시문학과 자연적 시문학을 서로 섞거나 융합하며, 시문학을 활기 있고 사교적으로 만들고 삶과 사회를 시적으로 만들려고 하며 또한 그렇게 해야 한다". 낭만적 포에지는 또한 결코 완성되지 않는 지속적인 생성 과정의 길 위에 있으며 정신과 학문, 삶의 모든 영역을 포괄한다는 의미에서 "점진적 보편포에지"다. 요컨대 낭만적 포에지는 모든 현실과 삶의 '시화詩化, poetisieren'에 대한 강력한 요구인 것이다. 그렇다면 낭만적 포에지와 소설 장르는 어떠한 관련성을 맺고 있는 것일까?

『아테네움』에 실린 초기 낭만주의 문학이론의 가장 중요한 텍스트 중 하나인 슐레겔의 「시문학에 관한 대화」(1800)는 서로 다른 제목과 형식을 가진 네 편의 글로 구성되어 있다. 그중 세번째 글 '소설에 관한 편지'에는 슐레겔의 소설 이론의 핵심적 내용이 담겨 있다. 소설을 서사(시)적 장르와 동일시하는 관습적 정의와 달리 여기서 "소설은 한 권의 낭만적 책Ein Roman ist ein romantisches Buch"이며 "이야기, 노래 그리고 다른 형식들이 혼합되어 있는 것"이라고 규정된다. 즉 앞서 언급한 '낭만적 포에지' 개념과 '소설'이 동일시되고 있는 것이다. 소설은 결코 장르적 개념이 아니라 모든 문학적 장르의 종합이 구현된 유토피아적 장소인 것이다.

이 편지의 발신자 안토니오는 또한 '낭만적인 것'을 "감성적 소재를 환상적 형식으로 우리에게 서술해내는 것"으로 보다 구체적으로 정의한다. 이것은 낭만적 포에지로서의 소설의 내용과 형식의 관계를 밝히는 데 시사하는 바가 크다. 우선 소설의 내용인 '감성적' 소재에 관해서 살펴보자. 안토니오에 따르면, 감성적인 것은 일종의 감정이긴 하지만 이 감정은 감각적인 것이 아니라 "정신적인 것"이며, "이러한 모든 동요의 근원이자 영혼은 사랑"이다. 요컨대 감성적인 것은 결국 "사랑의 정신"인 것이다. 그렇다면 낭만적 포에지 개념에 부합하도록 다양한 문학적 장르의 혼합과 융합 속에서 사랑이라는 소재를 서술할 수 있는 가능성을 지닌 '환상적' 형식이란 어떤 것을 의미하는 것일까? 바로 아라베스크이다.

「시문학에 관한 대화」에 실린 두번째 글 '신화에 관한 연설'에서 화자 루도비코는 "인위적으로 잘 정돈된 혼란, 모순들이 만들어내는 매혹적 대칭, 열광과 아이러니가 주고받는 놀라운 영원한 교체"를 아라베스크의 특징으로 열거하며, 아라베스크야말로 "인간의 상상력의 가장 오래된, 가장 근원적 형식"이라고 주장한 바 있다. 루도비코와 마찬가지로 안토니오에게도 아라베스크는 "시문학에 매우 안성맞춤인 본질적 형식 혹은 표현 양식"이다. 그렇다면 결국 낭만적 포에지로서의 소설이란 사랑이라는 소재를 아라베스크라는 환상적 형식으로 서술해내는 것을 의미한다는 결론을 내릴 수 있다.

이제 '소설' 『루친데』는 "한 권의 낭만적 책"이 되어야 할 것이다. 그러기 위해서는 한 가지 중요한 조건이 더 충족되어야 한다. 그것은 바로 위에서 설명한 바와 같은 소설 이론이 "그 자체로 한 편의 소설이어야 한다"는 시학적 요구다. 이것은 뒤집어보면 소설 자체가 소설 이론이라는 의미로 읽힐 수 있는데, 그런 점에서 『루친데』는 '소설 이론에 관한 소설'인 것이다. 『루친데』가 갖는 이러한 메타소설적 혹은 초월적 transzendental 특징은 작가 슐레겔의 자의식적 성찰이 소설 내에서, 그리고 소설을 통해서 작용하면서 작품의 중요한 요소가

된다는 것을 의미한다. 『루친데』를 사랑소설이나 교양소설을 읽어내는 기존 소설 장르의 관습적 독해로 이해하기 어려운 이유가 바로 여기에 있다.

3. 문학적 아라베스크의 향연

소설 『루친데』는 머리말을 제외하면 각기 제목이 있는 13편의 텍스트로 구성되어 있다. 언뜻 혼란스러운 인상을 주지만 자세히 살펴보면 정교하고 치밀하게 설계된 전체적 구성이 제 모습을 드러낸다. 『루친데』에서 가장 많은 분량을 차지하고 있을 뿐 아니라 서사적 요소가 두드러진 '남성성의 수업시대'를 중심으로 각 6편의 텍스트가 전후로 대칭적으로 배치되어 있는 것이다. 13편의 텍스트들 또한 편지, 환상, 성격 묘사, 알레고리, 목가, 대화, 성찰 등 단편적 성격의 다양한 장르로 구성되어 있다. 이러한 구성은 "인위적으로 잘 정돈된 혼란, 모순들이 만들어내는 매혹적 대칭"이라는 아라베스크적 특징에 정확히 부합한다.

『루친데』의 곁텍스트paratext는 해석상의 실마리와 난제를 동시에 제공한다. 우선 거기에는 '제목' '장르' '저자의 이름' 그리고 '제1권'이라는 사실적 정보가 담겨 있다. 그리고 머리말에 이어서 '어느 미숙한 자의 고백'이라는 부제가 달린 페이지가 등장한다. 그렇다면 이 소설은 일종의 '고백록'인가 하는 의문이 자연스레 들 수 있다. 이에 관한 실마리를 '소설에 관한 편지'에서 찾아보자. 이에 따르면, "최고의 소설들에서 최고의 것은 바로 어느 정도 자신을 숨기고 있는 저자의 자기 고백"이다. "자기 고백은 경험의 결과이며, 자신이 가진 고유함의 정수를 보여주는 것"이기 때문이다. 자전적 서사의 관습을 고려하면, 고백의 주체인 '어느 미숙한 자'는 바로 율리우스가 성숙해가는 과정을 서술하는 외부 서술자가 아니라 바로 소설의 허구적 화자 율리우스로 볼 수 있을 것이다. 이는 첫번째 텍스트 '율리우스가 루친데에게'가 율리우스가 연인 루친데에게 보내는 편지의 형식이며, 자신의 "미숙함에서 비롯된 여러 가지 결과들을 나의 남성성의 수업시대와 나란히 묘사하려" 했다는 편지 발신자의 고백에서도 드러난다.

이 소설을 율리우스의 진솔한 사적인 고백이 담긴 작품으로 읽으려는 독자의 해석학적 기대는 하지만 두번째 텍스트에서부터 철저하게 배반당할 운명이다. 그 이유는 무엇일까? '율리우스가 루친데에게'에서 편지 작성자 율리우스는 자신과 루친데의 사랑과 삶이라는 소재를 시간적 질서와 서사적 관습에 따라 차근차근 이야기하려다가 갑자기 오히려 그것을 파괴하고 "매혹적인 혼돈에 대한 권리"를 마음껏 행사하겠다는 의지를 분명히 밝힌다. 이러한 태도는 감성적 소재를 환상적 형식으로 담아내는 것이 낭만적인 것이라는 슐레겔의 소설 이론에 전적으로 부합한다. 이제 율리우스의 글쓰기는 "가장 아름다운 카오스" 속으로 산산이 용해된다. 율리우스는 루친데가 없는 서재에서 편지를 쓰다가 그녀가 보관하고 있는 자신의 글이 쓰인 종잇장들을 발견하고서 아무렇게나 흩뜨린 다음 그것들 중 한 장을 집어서 "완전히 엉뚱한 자리에 끼워놓는" 방식으로 "혼돈에 대한 권리"를 행사한다. 그가 집어든 종이에는 가장 아름다운 상황에 관한 디티람보스적 환상이 적혀 있었고, 이것이 바로 두번째 텍스트 '가장 아름다운 상황에 관한 디티람보스적 환상'으로 이어진다. 자기반영적 글쓰기를 보여주는 이 장면은 바로 『루친데』라는 작품 자체의 탄생 장면이기도 하다! '소설에 관한 편지'에서도 주장하듯이, 이로써 어느 미숙한 자의 "고백(록)은 저절로 아라베스크에 이르게" 된 것이다.

그럼에도 여전히 해결되지 않은 문제는 남아 있다. 첫번째 텍스트의 편지 작성자 율리우스의 언술에만 오롯이 근거하여 이 작품 전체를 율리우스가 작성하고 "혼돈에 대한 권리"를 행사하며 아라베스크적으로 편집한 한 편의 '서간소설'로 간주하는 것이 타당할까? '율리우스가 루친데에게'에서 율리우스가 "진지한 표정의 소년을 팔에 안고 있는 품위 있는 어머니의 모습"으로 루친데를 묘사한다거나, 아홉번째 텍스트 '두 통의 편지'에서 아이의 탄생을 기다리고 있는 두 사람의 모습을 보면, 편지 형식을 갖춘 고백에 담겨 있는 회고적 성격으로 인해 시간의 흐름을 어느 정도는 짐작할 수 있다. 하지만 어떤 사건의 발생이나 구체적 진행을 짐작할 수 있는 텍스트의 수는 지극히 제한적이다. 무엇보다도 율리우스의 과거를 서사적으로 재구성하고 있는 '남성성의 수업시대'는 3인칭

전지적 작가시점으로 쓰였다. 그리고 '신의와 장난'과 '동경과 평온'이 율리우스가 과거를 회상하며 루친데와의 사랑의 대화를 연극적으로 연출한 장면이라 하더라도 '변모'와 '환상의 희롱'을 비롯한 몇몇 텍스트들의 서술자는 여전히 모호하기만 하다. 이렇듯 각 텍스트를 긴밀하게 연결하는 연속적 시간성과 사건적 인과성의 부재 속에서 각 텍스트는 마치 "고슴도치처럼" 다른 텍스트로부터 분리되어 있으면서도 "자기완결성"을 보유한다. 그럼에도 『루친데』 텍스트 전체가 전적으로 남성적 관점에서 쓰였다는 것은 의심의 여지가 없다. 이런 이유에서 슐레겔은 후속작에서는 여성적 관점을 보충하려는 계획을 피력하지만 "여성성의 수업시대"가 있을 수 있는지에 대해서는 회의적이었다고 한다.

4. 소설 이론의 알레고리

머리말의 첫 문단에는 시문학의 세 거장 페트라르카, 보카치오, 세르반테스가 언급된다. 페트라르카는 "사랑의 발명가"로서, 보카치오는 "낭만적 포에지의 원칙"인 "대칭과 카오스"를 결합시킴으로써, 세르반테스는 아라베스크라는 서사 형식의 측면에서 모두 슐레겔에게는 낭만적 시문학을 대변하는 작가들이다. 이로써 저자 슐레겔은 『루친데』를 낭만적 시문학의 명작 반열에 보란듯이 올려놓고자 하는 문학적 포부를 밝힌다. 이어서 낭만적 포에지의 속성, 특히 아라베스크에 대한 은유로서 식물의 유기체적 형상을 제시하면서 이러한 "낭만적 자연물"인 이 소설이야말로 율리우스(남성)와 루친데(여성)의 사랑의 결실인 "아들"임을 암시한다. 머리말은 이제 신화적 차원으로까지 확대되는데, "위풍당당한 독수리"는 앞에서 언급한 바와 같은 시문학의 거장을, "하얀 날개의 광채"를 지닌 백조는 머리말의 화자를 가리킨다. 여기서 백조는 제우스와 레다의 신화에서처럼 백조로 변한 제우스가 아니라 순간과 영원의 대립 속에서 아름다움을 노래하는 의인화된 포에지의 형상이기도 하다.

머리말에 담긴 온갖 문학적 지시체, 은유, 알레고리 등은 『루친데』가 '소설 이론에 관한 소설'임을 충분히 짐작하게 한다. 그렇기에 다수의 인물들은 현실적 느낌을 주는 인간이기보다는 마치 시학적 임무를 수행하는 의인화된 형상으로 비춰진다. 몇 가지 예를 들어보자. '어린 빌헬미네의 특성'은 일종의 성격 묘사로 18세기에 유행했던 도덕적·교훈적 잡지에서 즐겨 다루던 문학적 형식이다. 두 살배기 어린아이 빌헬미네는 철학보다는 "포에지"에 소질을 지닌 '자연적' 존재이다. 빌헬미네의 "아이러니가 깃든 활기찬 표정" "장난기" "상상력의 과감한 비약" "뒤죽박죽의 낭만적 혼돈" 속에서 만들어내는 "수많은 어휘들과 형상들" "위트" "독창성" 등은 모두 시인이나 시문학의 특성들을 대변한다. 요컨대 빌헬미네는 소설 『루친데』와 암묵적으로 동일시된다고 볼 수 있는 것이다. 이는 율리우스가 자신의 삶이 담긴 "이 짤막한 소설"을 한 "어린아이"라고 생각해서 이 소설의 "순진무구한 방종"을 참아주길 부탁하는 점에서도 확인할 수 있다. 빌헬미네의 "아름다운 무질서"는 소설 『루친데』의 무질서에 상응하는 것이다.

이러한 시문학적 요소의 의인화는 네번째 텍스트 '몰염치에 관한 알레고리'에서 더욱 분명하게 드러난다. 여기서는 일종의 '알레고리적 유희'가 다채롭게 전개된다. 자신을 위트로 소개한 어떤 이가 불쑥 등장하여 "숫자에 있어서는 넷이고 우리처럼 불멸"하는 진정한 소설을 보여주겠다고 한다. 이어서 등장하는 네 명의 인물은 각기 다른 네 가지 유형의 소설을 상징한다. 옷도 거의 걸치지 않고 들판을 달리다가 나중에 강물 속에 뛰어들어 물장난을 치는 아름다운 젊은이는 '환상적 소설'을, 위엄 있는 풍채와 용모를 갖춘 기사는 '감상적 소설'을, 고대 그리스인처럼 옷을 차려입고 부드러운 미소를 지닌 젊은이는 '철학적 소설'을, 그리고 지적이고 매력적이며 아주 모던한 듯 보이는 젊은이는 '심리적 소설'을 의미한다. 슐레겔은 어느 메모에서 이 네 가지 소설 유형을 포괄하는 소설의 형식을 "절대적 소설"이라 명명한 바가 있다. 이중에서 환상적 소설을 의인화하고 있는 젊은이의 행동이나 특성은 여러 층위에서 소설 『루친데』와 직접적인 관련성을 갖는다. 앞으로의 행로를 두고 갈림길에서 선택을 해야 하는 이 네 명의 인물들 곁에는 한 무리의 여성들이 서 있다. 이들은 사회적으로 받아들여지는 규범과 윤리 및 도덕(겸손, 공손, 우아, 아름다운 영혼 등)을 대변하는 여인들과 "몰염치"한 여인으로 이루어져 있다. 기존의 사회적 가치와 규범들의 허상이 "전능한 환상의 마술지팡이"를 통해 적나라하게 폭로되면서 몰염치의 매력이 부각된다. 결국 환상적 소설이 의인화된 젊은이는 몰염치한 여인과 팔짱을 끼고 떠나버린다. 이는 슐레겔이 "고상한 몰염치erhabene Frechheit"를 『아테네움』의 비평적 규준들 중의 하나로 삼았다는 점에서도 당연한 선택이다.

이 소설의 제목이기도 한 루친데는 "낭만적인 것에 대한 확고한 경향"을 지닌 여성으로 묘사된다. "스스로 생각해내고 스스로 만들어낸 독자적인 세계 속에서" 모든 속박과 굴레를 단호하게 거부하고 "완전히 자유롭고 독립적"으로 살아가는 루친데의 삶의 방식은 시문학의 자율성에 대한 은유로 읽힐 수 있다. 또한 그녀의 입에서는 "낭만적 예술의 성스러운 마법"의 주문이 흘러나오며, 그녀의 영혼에 담긴 모든 것은 "가장 아름다운 종교"로까지 승화되어, 결국 율리우스의 '삶'을 "예술작품"으로 만들어낸다. 이런 점에서 루친데는 슐레겔이 「아테네움 단편」 116번에서 규정한 '낭만적 포에지'의 체현적 존재인 것이다.

5. 낭만적 유토피아의 신화

『루친데』에 대한 당대의 지배적인 부정적 평가의 근저에는 소설 장르의 형식적 차원에서의 실험적 성격보다는 내용적 차원에서의 기존의 사회적·시민적 관습과 가치에 대한 부정과 도발적 전복이라는 측면이 훨씬 더 우세하게 작용했다. '무위에 대한 목가'는 계몽주의적 진보의 이념과 대척점에 있는 한가로움, 권태, 게으름, 태평스러움, 고독, 여유에 대한 찬양이다. 여기서 계몽주의의 신화적 형상인 프로메테우스는 인간을 노동하도록 유혹했기 때문에 자신도 쉬지 않고 일해야 하는 가혹한 운명의 굴레에서 벗어나지 못하고 노예처럼 살아가는 모습으로 등장한다. 이에 반해서 서술자 '나'가 꿈꾸는 최고의 "완성된 삶"은 '식물'을 닮은 "순전한 무위도식"의 상태다. 즉 사유와 창작, 예술과 학문에 필요한 것은 근면을 요구하는 노동 윤리가 아니라 '한가하게 거닐기 Müssig-Gang'이다. 이는 산문적 시민사회와 유용성을 추구하는 자본주의를 향해 슐레겔이 던지는 강령적 요구로 읽힐 수 있을 것이다. 새로운 삶의 방식에의 요구는 편지 형식으로 쓰인 일종의 우정에 관한 논증인 '율리우스가 안토니오에게'에서도 표명된다. 여기서 율리우스는 외면적·영웅적 우정과 내면적 우정이라는 두 가지 형태의 우정을 대립시킨다. 무엇보다도 다른 이의 고유한 특성을 존중하는 내면적 우정은 모든 개별적 주체를 전체 속으로 결속시킨다. 그리고 이러한 교제의 "아름다운 신비"는 자신의 내면 속에서 개별성을 넘어서는 보편성, 즉 인류와 세계를 느끼고 볼 수 있을 때에야 비로소 가능하다는 것이다.

『루친데』가 슐레겔과 도로테아의 실제 관계가 반영된 "도덕적 방종"의 증거물이라는 비판에도 불구하고, 슐레겔이 기획한 사랑-결혼-가정이라는 '낭만적' 공동체의 이상 혹은 개별적 주체 간의 관계가 도달할 수 있는 유토피아적 차원은 바로 율리우스와 루친데의 사랑에서 정점에 이른다. 이 소설의 빈약한 사건들의 연대기의 첫 자리에 위치하는 것은 바로 '남성성의 수업시대'다. 몽상가 기질이 다분한 딜레탕트적 예술가(화가) 율리우스는 자기 자신과 세계와의 불화 속에서 몰락의 과정을 밟다가 결국 루친데를 만나게 되고 삶의 "중심"을 찾게 된다. 이러한 소위 '성장' 과정에서 (세 명의 남성들을 포함하여) 일곱 명의 여성들과 다양한 관계를 맺게 되는데, 각 여성들은 율리우스의 갈망과 필요를 채워주기에는 모두 결핍된 존재로 묘사된다. 예컨대 첫번째 여성인 루이제는 오직 어린아이 같은 순진함과 순결함을 지니고 있을 뿐이며, 두번째 여성은 지적 능력과 약삭빠름은 갖추었으나 "정신Geist"이 결여되어 있으며, 세번째 여성인 창녀 리제테는 "관능적인 유혹의 기술"은 뛰어나지만 현실적인 것에만 관심이 있을 뿐 시문학에는 무심하다. 다양한 여성들과의 이러한 일련의 만남은 궁극적으로는 율리우스의 지성과 교양을 꾸준히 증진시키는데, 이는 처음에는 감각적·쾌락적 감수성이 커지면서, 다음에는 감소하면서 이루어진다. 이러한 의미에서 루친데는 율리우스에게 여성에게서 발견할 수 있는 가능성의 총체인 것이다.

그렇다 하더라도 두 사람의 사랑은 본질적으로 "유사성"에 기초한 사랑이다. 즉 두 사람은 각자 서로에게 자신을 완전히 내어주며 하나를 이루면서도 각자는 자신의 개체성을 유지하는 관계로 묘사된다. 이는 서로 대립되는 두 존재가 하나의 통일성을 이룬다는 의미가 아니라, 횔덜린의 표현에 의하면, "통일성과 차이성의 통일성Einheit von Einheit und Differenz"의 상태이다. 이와 관련하여 '성찰'은 관념론적 철학의 언어로 작성된 여성(성)과 남성(성), 유한성(규정된 것)과 무한성(규정되지 않는 것)에 관한 밀도 높은 형이상학적 성찰로 볼 수 있다.

18세기 프랑스문학에서 즐겨 사용한 문학 장르인 '사랑의 대화'로 구성된 '신의와 장난'은 시민적 결혼에 대한 당대의 견해와 극명하게 차별되는 두 사람의 관계를 보여주고 있다. 현실 생활에서 이루어지는 두 사람의 가벼운 대화 속에서 위트, 진지함, 정신성, 부드러움, 겸손함, 애매함 등이 어떠한 올바른 관계 속에 놓일 수 있는지를 보여주면서, 동시에 남성과 여성, 사랑과 우정, 두 사람만의 생활과 사회적 교제의 관계가 추상적·이론적 층위에서 논의된다. 중세의 연가戀歌에서 비롯된 두 연인이 주고받는 대화로 구성된 '동경과 평온'은 시적 언어로 사랑의 신비를 노래하고 있다. 이러한 현실적 층위에서의 두 사람의 모습과는 달리 '변모'에서는 주체와 객체가 분열된 상태에서 자아(영혼)가 사랑의 합일의 경험을 통해 어떻게 무한한 창조성에 참여하게 되는지를 피그말리온 신화를 차용하여 보여준다. 여기서 사랑(에로스)은, 플라톤의 『향연』에서 디오티마가 설명하는 것과는 달리, 그것의 충족이 끝없이 유예되는, 그래서 동경과 갈망의 대상으로만 머무는 것이 아니라 "아름다운 현재의 성스러운 향유享有"로 정의된다. 이미 '율리우스가 루친데에게'에서 현재 율리우스는 루친데와 충족된 사랑의 삶을 살고 있음을 보여준 바가 있다.

소위 '낭만적 사랑'은 이렇게 탄생했다. 『루친데』에 담겨 있는 사랑, 섹슈얼리티, 여성(성)과 남성(성)의 성별 관계, 결혼 제도에 관한 언술은 이 소설이 일으킨 충격적인 사회적 파장을 증명하기에 충분하다. '가장 아름다운 상황에 관한 디티람보스적 환상'에는 심지어 남성과 여성의 역할 교환이나 구분 자체를 해체하자는 과감한 제안이 담겨 있기도 하다. 그리고 『루친데』가 20세기 중반부터 재평가되기 시작한 데에는 이러한 문학사회사적 해석이 중요한 역할을 했다. 물론 남성과 여성의 동등한 권리와 여성의 주체성을 강조하기는 했지만 오히려 '낭만적 사랑'을 통해 여성의 사회적 위치와 문화적 표상(예컨대, 어머니 대지)을 결과적으로 공고히 했다든가 혹은 적극적 남성(성)과 수동적 여성(성)의 격차를 심화시키는 데 기여했다는 비판에서 결코 자유롭지 못한 측면도 있다. 특히 젠더 이론의 비평적 관점에서는 훨씬 더 다양한 비판적 목소리가 들려온다.

노발리스의 소설 『하인리히 폰 오프터딩겐』의 '클링조어' 동화처럼 『루친데』의 마지막 텍스트 '환상의 희롱'에는 아버지(오성/남성), 어머니(영혼/여성), 아이(환상)가 만들어내는 동화적 세계가 묘사된다. 근대의 합리주의적 생활세계가 산출한 부정적 결과물에 대한 탄식과 함께 이를 환상(상상력)으로 극복함으로써 새로운 삶의 유토피아에 대한 전망을 보여주고 있는 것이다. '세계의 낭만화Poetisierung der Welt'라는 낭만주의자들의 꿈이 담겨 있는 이 유토피아가 단지 영원한 '신화'로만 머물러 있을지 가늠하기는 어렵다. 또한 모더니즘과 포스트모더니즘 시대를 거치면서 소설 장르에 있어서 수많은 형식상의 실험과 내용상의 변화를 경험한 오늘날의 독자들에게 프리드리히 슐레겔의 『루친데』가 어떻게 받아들여질지 단정적으로 이야기하기도 쉽지 않다. 그런 점에서 『루친데』는 해석적 지평과 비평적 함의에 있어서 여전히 '미지의 땅terra incognita'으로 남아 있다.

작가 연보

1772년 3월 10일 하노버에서 개신교 목사 요한 아돌프 슐레겔과 요하나 크리스티아네 에르트무테 사이에서 출생.

1788년 아버지의 뜻에 따라 라이프치히의 슐렘 상사에서 견습.

1789년 견습 생활을 중단하고 고전어와 고전문헌학을 독학하며 형 아우구스트 빌헬름 슐레겔의 지도하에 대학 입학 준비.

1790년 (1790년 8월부터 1791년 부활절 시기까지) 괴팅겐대학에서 법학, 고전문헌학, 철학 공부.

1791년 (1791년 5월부터 1794년 1월까지) 라이프치히대학에서 학업 계속.

1792년 1월에 노발리스를 만나 우정을 나누고, 4월에 드레스덴에 있는 크리스티안 고트프리트 쾨르

너의 집에서 실러와 처음 만남. 익명으로 평론을 잡지에 기고하기 시작.

1793년 형의 애인 카롤리네 뵈머가 마인츠 공화주의파와 관련하여 경찰의 추적을 받자 8월에 라이프치히 근교 작은 마을에서 그녀를 돌봐주면서 프랑스혁명에 고무됨.

1794년 경제적 이유로 학업을 중단하고 1월에 드레스덴으로 이주. 그리스 시문학과 문화사에 대한 연구 결과로 「그리스 시문학 학파에 관하여*Von den Schulen der griechischen Poesie*」 등을 발표.

1795년 「아름다움의 한계에 관하여*Über die Grenzen des Schönen*」 「디오티마에 관하여*Über die Diotima*」 발표. 8월에 「그리스 시문학 연구에 관하여*Über das Studium der griechischen Poesie*」 원고를 출판사에 넘김.

1796년 카롤리네와 결혼한 형이 살고 있는 예나로 여름에 이주하여 괴테, 피히테, 빌란트, 니트함머와 친분을 쌓음. 실러가 발간한 『문학연감 1796*Musenalmanach für das Jahr 1796*』에 관한 도발적 서평으로 실러와 불편한 관계 시작. 요한 프리드리히 라이하르트가 창간한 잡지 『도이칠란트*Deutschland*』에 「공화주의의 개념에 관한 시론*Versuch über den Begriff des Republikanismus*」 「야코비의

볼데마르*Jacobi's Woldemar*」 등을 발표.

1797년 7월에 베를린으로 이주. 헨리에테 헤르츠, 라헬 레빈의 문학 살롱에서 사교모임. 여기서 유부녀 도로테아 바이트를 처음 만나 연인 관계로 발전. 루트비히 티크와 프리드리히 슐라이어마허와 교제. 「그리스 시문학 연구에 관하여」가 실린 『그리스인과 로마인, 고전 고대에 관한 역사적·비판적 시론*Die Griechen und Römer, historische und kritische Versuche über das klassische Altertum*』 출간. 라이하르트가 새로 창간한 잡지 『순수예술학교*Lyceum der schönen Künste*』에 「게오르크 포르스터*Georg Forster*」 「레싱에 관하여*Über Lessing*」 및 「비판적 단편*Kritische Fragmente*」 발표.

1798년 형 아우구스트 빌헬름 슐레겔과 함께 초기 낭만주의 문학잡지 『아테네움*Athenäum*』 창간(1800년까지 발간). 형과 카롤리네, 노발리스, 피히테, 셸링과 함께 여름에 드레스덴에 잠시 체류. 『그리스인과 로마인의 시문학 역사*Geschichte der Poesie der Griechen und Römer*』 출간. 「아테네움 단편*Athenäum Fragmente*」 「괴테의 마이스터에 관하여*Über Goethes Meister*」 발표.

1799년 1월에 도로테아가 지몬 바이트와 이혼. 9월에 예나로 이주하면서 슐레겔 형제를 비롯하여 도로테아, 티크, 노발리스, 브렌타노, 셸링 등으로 이루어진 초기 낭만주의자들의 모임이 형성됨. 소설 『루친데*Lucinde*』(1권) 출간.

1800년 여름에 예나대학에서 박사학위 취득. 겨울 학기에 초월철학*Transzendentalphilosophie*에 관한 강의 시작. 「시문학에 관한 대화*Gespräch über die Poesie*」 발표.

1801년 3월 14일 교수 자격시험을 치름. 3월 25일 친구 노발리스 사망. 5월에 『성격 묘사와 비평*Charakteristiken und Kritiken*』(2권) 출간. 12월에 혼자 베를린으로 여행.

1802년 1월에 드레스덴에 잠시 체류. 비극 『알라르코스*Alarcos*』가 출간되어 5월 29일 바이마르에서 초연. 도로테아와 함께 라이프치히, 바이마르, 프랑크푸르트를 거쳐 7월에 파리 도착.

1803년 파리에서 잡지 『오이로파*Europa*』 창간(1805년까지 발간). 페르시아어와 산스크리트어 공부 시작. 11월부터 철학과 유럽문학사 강연. 「프랑스 여행*Reise nach Frankreich*」과 예술 관련 평론 발표.

1804년 4월 6일 도로테아와 결혼. 부아세레 형제와 함께 북부 프랑켄 지역과 벨기에를 거쳐 쾰른에 도착. 쾰른에서 문학과 철학 강연. 가을에 제네

바 호반 도시 코페로 스탈 부인과 형 아우구스트 빌헬름 슐레겔 방문.

1805년 쾰른에서 보편사와 철학 입문 및 논리학 강연. 중세철학과 역사에 관한 연구.

1806년 노르망디의 아코스타 성으로 스탈 부인을 방문하여 초월철학에 관하여 개인 교습. 『문학수첩 1806 *Poetisches Taschenbuch für das Jahr 1806*』 편집, 출간.

1807년 쾰른에서 독일 언어와 문학에 관하여 강연.

1808년 4월 18일 도로테아와 함께 가톨릭으로 개종. 바이마르와 드레스덴을 거쳐 6월에 오스트리아 빈 도착. 「인도인의 언어와 지혜에 관하여 *Über die Sprache und Weisheit der Indier*」 출간.

1809년 4월에 오스트리아 정부군 궁정위원회 비서관에 임명. 오스트리아 군사령부에서 정부의 입장을 대변하는 『오스트리아 신문 *Österreichische Zeitung*』 발간(6월부터 12월까지).

1810년 2월부터 5월까지 근대사 강연(1811년 강연집 『근대사에 관하여 *Über die neuere Geschichte*』 출간). 신문 『오스트리아 옵저버 *Österreichischer Beobachter*』 창간.

1812년 문화보수주의적 성격의 잡지 『도이체스 무제움 *Deutsches Museum*』 창간(1813년까지 발간). 고대 및 근대 문학사 강연(1815년 강연집 『고대 및 근대문학의 역사에 관하여*Über die Geschichte der alten und neuen Literatur*』 출간).

1813년 4월부터 메테르니히의 지시로 정치적 건의서 및 팸플릿 작성, 독일연방조약과 헌법 초안 작성에 관여.

1814년 나폴레옹 실각 후 메테르니히가 주도하는 빈회의에 오스트리아 사절단의 일원으로 참여.

1815년 교황으로부터 그리스도 훈장 수훈. 귀족 작위를 받음. 프랑크푸르트 연방의회에 파견되는 오스트리아 외교사절단 참사관으로 임명.

1816~1817년 프랑크푸르트 연방의회에서 언론 및 외교적 활동.

1818년 4월에 도로테아가 로마로 떠남. 9월에 프랑크푸르트에서 소환된 후 형 아우구스트 슐레겔과 함께 라인강 지역 여행. 뮌헨에 체류하면서 셸링과 야코비를 만남.

1819년 예술전문가의 자격으로 오스트리아 황제 프란츠 1세와 메테르니히를 2월부터 7월까지 로마까지 수행함.

1820년 가톨릭 성향의 잡지 『콩코르디아*Concordia*』 창간(1823년까지 발간). 『빈 연감*Wiener Jahrbücher*』에 「로마에 있는 독일 예술작품 전시에 관하여*Über* *die deutsche Kunstausstellung*」 발표.

1821년 『전집*Sämmtliche Werke*』 간행 준비(1권 『시집*Gedichte*』은 1809년 출간).

1823년 『전집』 중 2권에서 9권까지 출간.

1825년 출판사의 재정파탄으로 『전집』 출간이 10권에서 중단.

1827년 아우크스부르크와 뮌헨으로 여행. 빈에서 생철학 강연(1828년 강연집 『생철학*Philosophie des Lebens*』 출간).

1828년 3월부터 5월까지 역사철학 강연(같은 해 10월 강연집 『역사철학*Philosophie der Geschichte*』 출간). 12월부터 드레스덴에서 철학 강연(슐레겔 사후 1830년 강연집 『철학 강의, 특히 언어와 말의 철학에 관하여*Philosophische Vorlesungen, insbesondere über Philosophie der Sprache und des Wortes*』 출간).

1829년 드레스덴에서 강연 준비를 하던 중 1월 11일에서 12일로 넘어가는 밤에 뇌졸중으로 쓰러져 사망.

지은이 **프리드리히 슐레겔**
독일 낭만주의 문학이론가. 1772년 하노버에서 개신교 목사의 아들로 태어났다. 잡지 『아테네움』에 발표한 도발적·논쟁적 성격의 비평을 통해 낭만주의 문학이론을 정초하는 데 결정적 역할을 했으며, '낭만적 사랑'의 모델을 제공한 장편소설 『루친데』(1799)를 집필했다. 1808년 오스트리아 빈에 정착한 후에는 주로 정치외교적 활동에 전념했다. 중요한 비평적 저술로 「괴테의 마이스터에 관하여」 「그리스 시문학 연구에 관하여」 「시문학에 관한 대화」가 있고, 저서로 『루친데』를 비롯해 『알라르코스』 『근대사에 관하여』 『고대 및 근대 문학의 역사에 관하여』 등이 있다.

옮긴이 **이영기**
중앙대학교 독어독문학과 및 동 대학원을 졸업하고 독일 에를랑겐-뉘른베르크대학에서 독일 낭만주의 문학과 프리드리히 휠덜린 연구로 박사학위를 받았다. 현재 중앙대학교 다빈치교양대학 조교수로 재직중이다. 논문으로는 「낭만적 밤과 꿈」 「"세라피온 원칙"과 시적 광기」 등이 있다.

루친데

초판 인쇄 2020년 8월 14일
초판 발행 2020년 8월 25일

지은이 프리드리히 슐레겔
옮긴이 이영기
펴낸이 염현숙
책임편집 이경록 | 편집 임선영 김영옥
디자인 엄자영 최미영 | 저작권 한문숙 김지영 이영은
마케팅 정민호 이숙재 양서연 박지영
홍보 김희숙 김상만 지문희 우상희 김현지
제작 강신은 김동욱 임현식 | 제작처 한영문화사(인쇄) 신안제책(제본)

펴낸곳 (주)문학동네
출판등록 1993년 10월 22일 제406-2003-000045호
주소 10881 경기도 파주시 회동길 210
전자우편 editor@munhak.com | 대표전화 031) 955-8888 | 팩스 031) 955-8855
문의전화 031) 955-3578(마케팅), 031) 955-3572(편집)
문학동네카페 http://cafe.naver.com/mhdn
문학동네트위터 http://twitter.com/munhakdongne
북클럽문학동네 http://bookclubmunhak.com

ISBN 978-89-546-7404-1 03850

이 도서의 국립중앙도서관 출판예정도서목록(CIP)은 서지정보유통지원시스템 홈페이지(http://seoji.nl.go.kr)와 국가자료종합목록 구축시스템(http://kolis-net.nl.go.kr)에서 이용하실 수 있습니다. (CIP제어번호: CIP2020032339)

* 잘못된 책은 구입하신 서점에서 교환해드립니다.
기타 교환 문의: 031) 955-2661, 3580

www.munhak.com